中华精神家园

博大文学

小说源流

小说历史与艺术特色

肖东发 主编　张德荣 编著

中国出版集团

现代出版社

图书在版编目（CIP）数据

小说源流 / 张德荣编著. — 北京：现代出版社，
2014.10（2019.1重印）
　（中华精神家园书系）
　ISBN 978-7-5143-2981-0

Ⅰ．①小… Ⅱ．①张… Ⅲ．①小说史－中国－古代
Ⅳ．①I207.409

中国版本图书馆CIP数据核字(2014)第236510号

小说源流：小说历史与艺术特色

主　　编：肖东发
作　　者：张德荣
责任编辑：王敬一
出版发行：现代出版社
通信地址：北京市定安门外安华里504号
邮政编码：100011
电　　话：010-64267325 64245264（传真）
网　　址：www.1980xd.com
电子邮箱：xiandai@cnpitc.com.cn
印　　刷：固安县云鼎印刷有限公司
开　　本：710mm×1000mm　1/16
印　　张：10
版　　次：2015年4月第1版　　2021年3月第4次印刷
书　　号：ISBN 978-7-5143-2981-0
定　　价：29.80元

党的十八大报告指出："文化是民族的血脉，是人民的精神家园。全面建成小康社会，实现中华民族伟大复兴，必须推动社会主义文化大发展大繁荣，兴起社会主义文化建设新高潮，提高国家文化软实力，发挥文化引领风尚、教育人民、服务社会、推动发展的作用。"

我国经过改革开放的历程，推进了民族振兴、国家富强、人民幸福的中国梦，推进了伟大复兴的历史进程。文化是立国之根，实现中国梦也是我国文化实现伟大复兴的过程，并最终体现为文化的发展繁荣。习近平指出，博大精深的中国优秀传统文化是我们在世界文化激荡中站稳脚跟的根基。中华文化源远流长，积淀着中华民族最深层的精神追求，代表着中华民族独特的精神标识，为中华民族生生不息、发展壮大提供了丰厚滋养。我们要认识中华文化的独特创造、价值理念、鲜明特色，增强文化自信和价值自信。

如今，我们正处在改革开放攻坚和经济发展的转型时期，面对世界各国形形色色的文化现象，面对各种眼花缭乱的现代传媒，我们要坚持文化自信，古为今用、洋为中用、推陈出新，有鉴别地加以对待，有扬弃地予以继承，传承和升华中华优秀传统文化，发展中国特色社会主义文化，增强国家文化软实力。

浩浩历史长河，熊熊文明薪火，中华文化源远流长，滚滚黄河、滔滔长江，是最直接的源头，这两大文化浪涛经过千百年冲刷洗礼和不断交流、融合以及沉淀，最终形成了求同存异、兼收并蓄的辉煌灿烂的中华文明，也是世界上唯一绵延不绝而从没中断的古老文化，并始终充满了生机与活力。

中华文化曾是东方文化摇篮，也是推动世界文明不断前行的动力之一。早在500年前，中华文化的四大发明催生了欧洲文艺复兴运动和地理大发现。中国四大发明先后传到西方，对于促进西方工业社会的形成和发展，曾起到了重要作用。

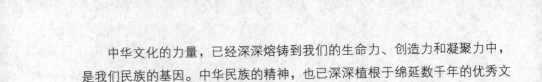

中华文化的力量，已经深深熔铸到我们的生命力、创造力和凝聚力中，是我们民族的基因。中华民族的精神，也已深深植根于绵延数千年的优秀文化传统之中，是我们的精神家园。

总之，中华文化博大精深，是中国各族人民五千年来创造、传承下来的物质文明和精神文明的总和，其内容包罗万象，浩若星汉，具有很强的文化纵深，蕴含丰富宝藏。我们要实现中华文化伟大复兴，首先要站在传统文化前沿，薪火相传，一脉相承，弘扬和发展五千年来优秀的、光明的、先进的、科学的、文明的和自豪的文化现象，融合古今中外一切文化精华，构建具有中国特色的现代民族文化，向世界和未来展示中华民族的文化力量、文化价值、文化形态与文化风采。

为此，在有关专家指导下，我们收集整理了大量古今资料和最新研究成果，特别编撰了本套大型书系。主要包括独具特色的语言文字、浩如烟海的文化典籍、名扬世界的科技工艺、异彩纷呈的文学艺术、充满智慧的中国哲学、完备而深刻的伦理道德、古风古韵的建筑遗存、深具内涵的自然名胜、悠久传承的历史文明，还有各具特色又相互交融的地域文化和民族文化等，充分显示了中华民族的厚重文化底蕴和强大民族凝聚力，具有极强的系统性、广博性和规模性。

本套书系的特点是全景展现，纵横捭阖，内容采取讲故事的方式进行叙述，语言通俗，明白晓畅，图文并茂，形象直观，古风古韵，格调高雅，具有很强的可读性、欣赏性、知识性和延伸性，能够让广大读者全面接触和感受中国文化的丰富内涵，增强中华儿女民族自尊心和文化自豪感，并能很好继承和弘扬中国文化，创造未来中国特色的先进民族文化。

2014年4月18日

萌芽初期——先秦小说

上古神话孕育小说萌芽　002

先秦寓言对小说的影响　008

宗教故事和地理博物传说　013

初显雏形——六朝小说

020　志怪小说得到迅速发展

026　志人小说的形成与成就

032　"文言双璧"的艺术成就

发展成熟——唐代小说

唐传奇小说的形成与兴起　038

唐传奇小说的发展历程　044

传奇小说主要成就和影响　051

深入演化——宋元小说

"说话"艺术兴起与繁盛　058

小说话本结构和题材内容　064

小说话本独具的艺术魅力　069

文言小说形成的新特点　075

独立成体——明代小说

080　明代小说的兴起与发展

086　历史演义小说兴起与繁荣

092　英雄传奇小说兴起与繁荣

098　神魔小说代表《西游记》

104　《封神演义》及神魔小说

110　白话短篇小说的典范之作

115　世情小说里程碑《金瓶梅》

百花齐放——清代小说

才子佳人小说产生与发展　122

世情小说顶峰的《红楼梦》　127

文言小说高峰《聊斋志异》　134

讽刺小说的发展及辉煌成就　139

谴责小说的兴起和代表作　146

先秦小说

　　远古时期，原始先民用简陋的工具改造着世界，他们在社会实践中，创造出上古神话。神话内容涉及自然环境和社会生活的各个方面，以故事的形式表现了他们对自然、社会现象的认识和愿望。这些上古神话成为后世小说叙事的源头，它们具备了人物和情节两个小说的基本元素。

　　上古神话之后，先秦时期的寓言故事、史传文学以及各类传说等也成为后世小说叙事的源头，并且有了进一步的发展，那个时候的成熟寓言故事已经有了比较完整的结构、人物形象和历史背景，这些都为后世小说的成熟奠定了有利的基础。

上古神话孕育小说萌芽

　　浩瀚宇宙，变幻莫测，有时风和日丽，晴空万里；有时狂风暴雨，电闪雷鸣；还有，地震、洪水、火山爆发也经常不期而至；原始先民无法解释这多变的世界，更没有能力改变。

原始祭祀场景

■ 绍兴大禹陵壁画

在大自然的"狂怒"面前，人们战战兢兢，不知所措。自然而然地，人们开始对自然产生了恐惧心理，幻想出世界上存在着种种超自然的神灵和魔力，继而对强大的自然力顶礼膜拜，崇敬非常。

同时，他们又渴望了解自然、认识自然，于是在这种矛盾的心理和迫切的愿望下，神话传说应运而生了。

我国的上古神话可以分为四类，一类是创造神话；一类是自然神话；一类是英雄神话；还有一类是异域异物神话。

创造神话包括盘古开天辟地创造世界、人类和日月星辰的出现等神话；自然神话是原始时期的人们对于自然界和自然现象幻想化的解释。

英雄神话反映人类对自我的认识和反思，它以征服自然或在社会斗争中为本民族创造出业绩的英雄故

上古神话 广义的上古神话，指夏朝以前直至远古时期的神话和传说，狭义的上古神话则包括夏朝至两汉时期的神话。因为上古时期没有直接的文字记载，那个时候发生的事件或人物一般无法直接考证。上古神话是原始先民在社会实践中创造出来的，它的内容涉及自然环境和社会生活的各个方面。

■ 女娲补天塑像

女娲 《史记》中称女娲氏。生于陇西成纪，今甘肃天水市，所处时代约为旧石器时代中晚期。女娲是古代传说中中华民族人文始祖，是神话中的创世女神。女娲人首蛇身，以泥土造人，创造人类社会并建立婚姻制度。因世间天塌地陷，于是熔彩石以补天，斩龟足以撑天，留下了女娲补天的神话传说。

事为神话主体；异域异人异物故事是关于外国的神话神话传说，多记载在《山海经》中。

在各类神话中，以盘古开天辟地最为有名，这个神话反映了我国先民对宇宙起源的原始探索，传说在太古的时候，天和地是没有分开的，天地混为一个球形。

在这个巨大的球形体内，有一个名叫盘古的巨人，他一直在用他的斧头不停地开凿，努力把自己从这个球体中解脱出来。

经过一万八千年的艰苦努力，盘古挥出最后一斧，只听"砰"的一声巨响，巨球分开为两半。盘古头上的一半巨球，化为气体，不断地上升。脚下的一半巨球，则变为大地，不断地加厚，宇宙从此开始有了天和地。

就像关心宇宙的起源一样，人们对人类自身的起源也有极大的兴趣。而有关人类起源的神话，首推女娲补天的故事。女娲补天的故事最早见于《淮南子·览冥训》：

> 往古之时，四极废，九州裂。天不兼覆，地不周载。火爁炎而不灭，水浩洋而不息，猛兽食颛民，鸷鸟攫老弱。
>
> 于是女娲炼五色石以补苍天，断鳌足以立四极，杀黑龙以济冀州，积芦灰以止淫水。女娲经过辛勤的劳动和奋力的拼搏，重整宇宙，为人类的生存创造了必要的自然条件。

这则神话瑰丽奇特，富有文学意味。蛮荒时代，天崩地裂，洪水滔滔，女娲为救万民挺身而出，炼石补天，终于把天补全，避免了洪水之祸，给人们创造

《淮南子》是西汉时期创作的一部论文集，由西汉皇族淮南王刘安主持撰写，故而得名。该书在继承先秦道家思想的基础上，综合了诸子百家学说中的精华部分，对后世研究秦汉时期文化起到了不可替代的作用。

■ 女娲造人塑像

■ 精卫填海塑像

精卫 古代神话中的鸟名，传说这种鸟是炎帝小女儿的化身，名叫"女娃"。女娃去东海游泳，被溺死了，再也没有回来。死后的女娃化为精卫鸟。口衔西山上的树枝和石块，用来填塞东海。人们同情精卫，钦佩它的精神，叫它"冤禽""志鸟"，并在东海边上立了个古迹，叫作"精卫誓水处"。

了一个美好的家园。这个神话不仅反映出了原始先民的宇宙观念，更重要的是歌颂了女娲敢于同自然斗争的行为。

上古神话中，还有很多关于英雄人物以顽强的意志与自然灾害展开不屈不挠斗争的故事，如后羿射日、大禹治水、精卫填海、夸父逐日等。这些神话中的神和英雄都具有不怕牺牲、百折不挠的奋斗精神。

上古神话传说还反映了氏族社会末期，各部族间的斗争以及有关发明创造的内容，如神农氏发明农具和制陶、冶炼、医药、种植等技术；燧人氏钻木取火；仓颉发明文字；等等。这些神或英雄的发明创造，反映了原始人的伟大创造力。

这些奇妙美丽的神话传说文学意味浓厚，为小说的孕育萌芽做了最基本的准备。这一时期的神话传说已基本具备了小说所要求的故事情节和人物形象，虽然还比较单一模糊，但已同小说十分接近。

如"盘古开天辟地"里，盘古死后眼睛化作天上的太阳和月亮，头发变成满天的星星，骨骼化作大山，血液成为江河，皮肤变作土地。神话中反映出来的英雄形象特征，无论是盘古、女娲，还是后羿、夸父，都是以英雄形象存留在人们的心中。

上古神话传说有着丰富的想象，引人入胜，具有最初始的浪漫主义元素。如"精卫填海"：一只白喙赤足的美丽鸟儿，在火红晚霞的映衬下，频繁地往返于东海与西山之间，永不停歇地想把东海填平。

这个神话不仅体现了原始先民敢于同大自然斗争的气魄以及远古人民征服水患的愿望和不屈不挠的斗争精神，同时，作品更高度赞扬了百折不回、勇于牺牲的精神，极具浪漫主义色彩。

上古神话中神奇奔放的幻想和理想化的夸张，同样深刻地影响了后世小说的创作，它的关于神灵变化的观念和表现形式，为志怪小说奠定了幻想的基础。

上古神话传说中的一些故事和题材，成为后世小说创作的不竭源泉。神话传说中的一些特征，对后世小说的风格也产生了深远影响。此时的一些故事情节、叙事方法直接影响到魏晋南北朝时期志人志怪小说的取材与手法。

阅读链接

我国古代没有专门记载神话故事的专著，神话材料只是保存在诸多古籍中，如《楚辞》《淮南子》《山海经》《庄子》《列子》《穆天子传》等，其中以《山海经》保存最多。

《山海经》传世版本共计18卷，包括《山经》5卷，《海经》13卷，其中14卷为战国时作品，4卷为西汉初年作品。《山经》包括南山、西山、北山、东山、中山经各1卷，合称《五藏山经》，简称《山经》。

《山海经》保存了包括夸父逐日、女娲补天、精卫填海、大禹治水等大量脍炙人口的远古神话传说和寓言故事。此外，还涉及地理、历史、宗教、民俗、物产、医药等方面的内容，是一部古代生活的百科全书。

先秦寓言对小说的影响

　　随着不断流传，上古的一些神话传说逐渐演变成一则则寓言故事被记载在众多的先秦史籍中，成为先秦寓言重要的组成部分。

　　此外，先秦寓言中还有一些历史传说和作者创造、虚构的故事。

■ 庄子梦蝶

历史传说在《韩非子》中用得最多，有一定的史料价值。创造、虚构的故事，《庄子》中大量存在。这类寓言瑰丽奇异，最富有文学色彩。

先秦寓言和神话传说关系十分紧密，《庄子》中关于混沌、黄帝、尧、舜、后羿等的刻画，都采用了神话的题材；《韩非子》"师旷鼓琴"中用夸张手法塑造的形象，与神话里征服自然的英雄是类似的；寓言中的狐、虎、猿、狙、鹬、蚌、罔两、蛙、鳖、栎树、骷髅与神话中日、月、山、川、风、云的拟人化，都是一脉相承的。

寓言是寄托着深刻思想意义的简短故事。"寓"是寄托的意思，作者把自己认为正确的道理、有益的教训，通过虚构的简短故事加以譬喻，让人们从故事中领会这些道理。其特点是短小精悍而富于讽刺性，给人以启迪。

先秦诸子百家争鸣，许多思想家、政治家常借助一些浅显生动的寓言来论证自己的某个观点或某种思想。寓言主要散见于先秦诸子散文和历史散文中，如《孟子》《庄子》《韩非子》《战国策》等。

在先秦诸子的文章中，寓言不是单独的存在，而是作者议论中的一个有机组成部分。它或者作为譬喻，使所讲的道理浅显易懂，悦耳动听；或者作为寄

《孟子》记述战国时期思想家孟子思想、言论和事迹的著作。《孟子》一书共有7篇传世，其学说的出发点为"性善论"，提出"仁政""王道"，主张德治。对后世研究儒学和孟子有着重要参考价值。

小说源流

小说历史与艺术特色

■ 寓言叶公好龙图

先秦诸子 周王室东迁以后，学术重心由王官逐渐移向民间，自老子、孔子以后，一时大思想家辈出，如墨子、孟子、庄子、荀子、韩非子等，皆能著书立说，而成一家之言，后世因此称这些思想家为"先秦诸子"。先秦诸子学说在中国思想史上占有崇高地位，后世思想学派莫不渊源于此。

托，把要说的道理，通过寓言中的形象表达出来；或者作为论证，用寓言中所说的事情证明文章的观点。

寓言在艺术上主要有4个特点，一是有故事性；二是有虚构性；三是形式短小；四是有哲理性。

寓言的故事性和虚构性受到神话传说的影响，但是寓言的虚构和神话传说的虚构不同，寓言的虚构有着明确的说理目的，是一种自觉的创造和虚构，而神话的虚构有着不自觉性。寓言的虚构使它更接近于小说，对小说产生的影响更为直接。

先秦诸子的很多散文都是哲学著作，蕴含的哲理比较抽象，乃至深奥玄妙。而寓言以其具体性和形象性，有助于人们理解和接受其论点。

庄子的人生哲学之一是主张无用之用，一般人很难领会。但他用了许多饶有趣味的寓言故事，反复地加以说明。如以"混沌凿窍"阐明必须顺应自然，以庄周梦为蝴蝶说明人生如梦，等等，使哲理的文章诗意化，免于枯燥、深奥、抽象。小说也借鉴了这种方法。

先秦寓言大多以讽刺为手法，针砭时弊，初读觉得荒唐可笑，读后却发人深省，所以先秦寓言有着揭示道理、鞭挞劝诫的目的和作用。像"守株待兔""刻舟求剑""画蛇添足""揠苗助长"等为人们耳熟能详的寓言，大多采取讽刺手法，指斥现实生活的荒唐可笑，这对后世的讽刺小说具有十分重要的影响。

虚构故事是小说的文体特点之一，是其区别于叙事散文的关键所在。寓言以虚构为手段设置故事情节，对小说创作有着重要的启发。

如《庄子·秋水》虚构了河伯与海若对话的故事，揭示了"人在宇宙苍穹间的微小"这一主旨，从而告知人们遇事待人要谦虚谨慎，切勿妄自尊大。而小说虚构与此有异曲同工之妙。

寓言故事不但具有讽刺性、幽默性，还颇具趣味性。寓言的主人

寓言鹬蚌相争图

公常常是拟人化了的事物。

例如，河伯与海若在寓言中成了能进行哲学探讨的"哲人"，以无知喻有知。

《狐假虎威》中，它的主人公是能和人一样思考、说话，甚至比人更要狡猾的动物。而小说的成功之处，也在于以其独特的构思和情节，来引发读者兴趣，从而达到其寓教于乐或其他的目的。

寓言的题材也常常为后世小说所继承。魏晋六朝的志怪小说中，很多题材都是取自先秦的寓言故事。

如《庄子》中记述鬼怪异事的许多寓言，是魏晋一些志怪小说的鼻祖。小说陆判为朱尔旦换心的故事，也是从《列子·汤问》中扁鹊为鲁公扈赵齐婴易心的故事蜕变而来的。

由此可见，先秦的寓言故事与小说有着紧密的联系，对小说的形成有着功不可没的贡献，更是小说发展的重要渊源。

阅读链接

神话与寓言关系紧密，《庄子·逍遥游》有鲲化为鹏的寓言："北冥有鱼，其名为鲲。鲲之大，不知其几千里也。化而为鸟，其名为鹏。鹏之背，不知其几千里也。怒而飞，其翼若垂天之云。是鸟也，海运则将徙于南冥。"

意思是在那很北很北的北面，有一片大海。海中有一种鱼，它的名字叫鲲。鲲很大很大，说不清楚有几千里。后来变成了一只鹏鸟。这只鹏鸟很大很大，它的脊背，说不清有几千里。有一次发了怒，振翅而飞，翅膀像是遮天的乌云。这只鸟啊，在海上飞翔，是要飞到南海去。

这个寓言与上古神话中，大禹变成巨熊治理水患的传说一脉相承，有着不可分割的关系。

宗教故事和地理博物传说

　　远古时候，人们对自然力既恐惧又崇拜，任何微小的自然现象都有可能被看成是神的意志。在长期对自然毕恭毕敬的顶礼膜拜中，产生了原始宗教。宗教故事就是在此基础上自然而然地被创造出来。

　　宗教故事的内容主要是，鬼神显灵作祟的故事和关于卜算占梦的故事，这些故事的内容虽然是消极方面的东西，属于人们迷信的产

■南宋宗教画

■李公麟观音图

物，但它对后世小说通过描写妖鬼和记述梦境来反映现实，拓展想象和幻想的空间，具有一定的启发作用。

到夏商周时期，宗教信仰、祭祀形式、占卜预言已经到了成熟阶段，宗教已经深入人们的内心，成为人们日常生活的一部分。

春秋战国时，史官把宗教故事记载进史籍，这时期的宗教故事多数都是幻化和神秘化的历史故事。

宗教故事没有神话故事那样迷人，引人入胜，但在题材和和幻想形式方面却有了新的变化，这种变化对志怪小说的形成起了重大作用。

在神话中，神是幻想世界的主体，神话的幻想境域是排斥人类在外的神灵的世界，而在宗教故事中，人变成了幻想世界的主体，人可以与鬼神互相交往。

在宗教故事中，神已经不像神话中那样可以死去，而是成为大自然中一种神秘的力量，通过显灵来体现它无比的威力。

在宗教故事中，还出现了鬼的观念，人死化为鬼，鬼可以随意变化报恩复仇，这种鬼神不死和随意变化的幻想观念，对志怪小说的形成发挥了重大的作用，成为志怪小说创作的一种模式。

志怪小说　我国古典小说形式之一，以记叙神异鬼怪故事传说为主体内容，产生和流行于魏晋南北朝。志怪小说是受当时盛行神仙方术之说而形成的侈谈鬼神、称道灵异的社会风气的影响形成的。

春秋战国时，社会动荡不安，再加上生产力低下，人们认识世界的水平原始落后，因此在编著地理学或博物学书籍时，只能根据自己的臆想附会，对地理博物方面的现象加以解释，因此当时的地理博物知识都被披上了一层神秘的色彩而荒诞化了，成为地理博物传说。

春秋战国时期地理博物学中记载的黑齿国、羽民国、不死国、三面国和黑齿人、羽人、独臂人、三面人等诸多志怪化的地方和人物，就是人们道听途说后加以臆想附会的产物，属于地理博物传说。

先秦的地理博物传说主要记载于《穆天子传》《王会解》《山海经》等古籍中，内容主要是远方的国家和异地民族，还包括神山灵水、奇花异草、珍奇怪兽等，虚幻奇诡，新鲜怪诞。

其中《山海经》的记载最为荒诞不经，是地理博物传说的集大成者。

■《山海经》

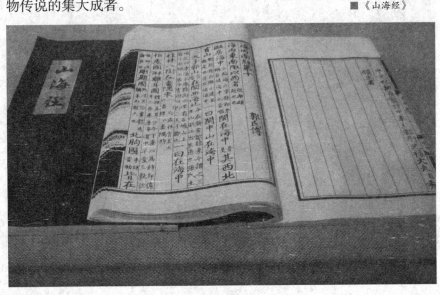

《穆天子传》
记述周穆王事迹
而带有虚构成分
的传记作品，又
名《周王传》《周
王游行记》。共
6卷。前5卷记周
穆王驾八骏马西
征之事；后1卷
记穆王美人盛姬
卒于途中而返的
事，别名《盛
姬录》。

在《山海经》中，地理博物都被神话化和志怪化了。如《山海经》在它的第一篇《南山经》中就有记载：

南山经之首曰鹊山。其首曰招摇之山，临于西海之上。多桂，多金玉。有草焉，其状如韭而青华，其名曰祝余，食之不饥。

有木焉，其状如谷而黑理，其华四照，其名曰迷谷，佩之不迷。有兽焉，其状如禺而白耳，伏行人走，其名曰狌狌，食之善行。

■《山海经》插图

意思是南方首列山系叫作鹊山山系。鹊山山系的头一座山是招摇山，屹立在西海岸边，生长着许多桂树，又蕴藏着丰富的金属矿物和玉石。山中有一种草，形状像韭菜却开着青色的花朵，名叫"祝余"，人吃了它就不感到饥饿。

山中又有一种树木，形状像构树却呈现黑色的纹理，并且光华照耀四方，名叫"迷谷"，人佩带它在身上就不会迷失方向。山中还有一种野兽，形状像猿猴但长着一双白色的耳朵，既能匍匐爬行，又能像人一样直立行走，名叫"狌狌"，吃了它的肉可以使人走得飞快。

人们的这些不科学的臆想附会一旦形成了某种心理定势，就必然会影响到其他典籍的内容和后人的创作。志怪小说就是被影响的一大文体。

与宗教故事不同的是，大多数的地理博物传说没有什么故事情

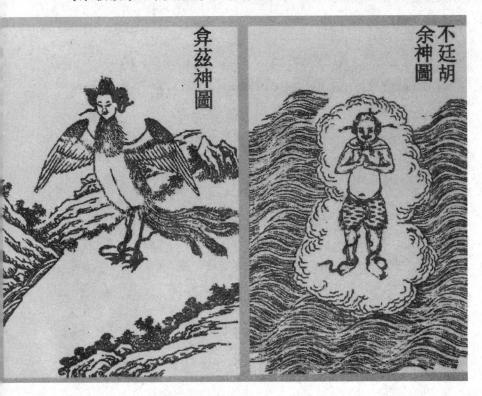

节，只是一些幻想材料，但它却为志怪小说提供了极为丰富的幻想素材和幻想形式，并长期对志怪小说产生了巨大的影响，成为志怪小说的主要内容之一。

神话传说和宗教故事以及地理博物传说构成了古代小说得以发展的基础，为小说的形成创造了条件，但它们之间不是相互独立的，而是相互联系、相互影响的，最后才逐步产生了我国最早的古小说——魏晋志怪志人小说。同时也为其他小说提供了不竭的创作源泉。

阅读链接

《山海经》的地理学内涵是第一性的，它从各个方向有秩序、有条理地记叙各地的地理特征，包括自然地理特征和人文地理特征。

《山海经》记载了许许多多的山，如"堂庭之山""杻阳之山""青丘之山""箕尾之山"等，而每座山的命名是根据山的地貌而定的。

《山海经》中还有极其丰富的水文记载，河流大都记明了源头和注入之处，河流的发源地通常在某一山麓，而它的注入处却远离此山，记述者对于水文的记载时也注意到河流干流的全貌，河流的经由虽不见记载，但是若干干流如黄河、渭水可以从许多支流流入其干道的情况了解到它们的大致流经区域。

《山海经》中的人文地理记述了当时的一些区域的社会人文风俗、经济发展、科技成果等。其中有许多关于先民对疆域的开发。

六朝是指魏晋南北朝6个朝代，是我国古代小说迎来的第一个高峰阶段。两汉时期，虽然出现了一些初具规模的志怪小说，但仅仅是具备了小说的某些形式特征。

我国古代小说有两个系统，即文言小说系统和白话小说系统。魏晋南北朝时期的小说属于文言文小说，也可以统称笔记体小说，其特点是采用文言，篇幅短小，记叙社会上流传的奇异故事、人物逸事或其只言片语。

魏晋南北朝小说虽然还不具有成熟形态，但在故事情节叙述、人物性格塑造等方面都已粗具规模，作品数量也已相当可观。

六朝小说

志怪小说得到迅速发展

　　先秦时期的神话传说和宗教故事以及地理博物传说孕育了志怪小说的萌芽，到魏晋南北朝时，志怪小说得到了迅速发展。

　　这一时期，创作志怪小说的作者众多，上至天子王侯，下至官吏诗人，以及佛道教徒，出于各种不同的目的，纷纷编写志怪小说。

宗教故事绘画

魏晋南北朝时期的志怪小说，不仅数量极其庞大，而且内容相当复杂，表现出较高的质量层次，其作品想象丰富，情节曲折，人物形象丰满，语言优美。

一方面，魏晋南北朝时期的志怪小说继承了先秦时期上古神话传说等的传统，又借助了两汉志怪小说初兴的态势，另一方面，又得到了魏晋南北朝时期各种有利环境的培育，因此，在新的时代环境中呈现出新的发展态势。

■ 干将莫邪塑像

在先秦时期，我国就盛行卜算和方术，当时人们的很多事情做与不做以及怎样做，都要取决于卜算和方术，这两种活动似乎已经左右了当时人们的生活。

秦汉以来，当权者极力倡导求仙得道的思想，一时间，人们对得道飞仙充满向往，趋之若鹜。到东汉后，这种信仰情况更加复杂。

一方面，佛教从外传入，并逐渐立足，取得人们的信任。

另一方面，我国的本土宗教道教也兴起并繁盛起来，人们信奉鬼神的信念由此更加坚定。这就为志怪小说的诞生提供了肥沃的土壤。

进入魏晋南北朝以来，社会动荡，人们要为自己编织一个理想的天国，以寻求精神的安慰和心灵的解

方术 我国古代用自然的变异现象和阴阳五行之说来推测、解释人和国家的吉凶祸福、气数命运的医卜星相、遁甲、勘舆和神仙之术等的总称。方术的出现与古代落后的生产力和科技水平密切相关。

■ 志怪小说插图

小说源流

小说历史与艺术特色

史传 即史传文学，我国历史文学的一部分，具有历史文学的一般特性。从文学的角度看，它是以历史事件为题材，重在描写历史人物形象的文学作品；从史学的角度看，它是通过运用文学艺术的手段，借历史事件与历史人物的描述，来表达一定历史观的历史著作。

脱。此时，志怪小说无疑是适应了这种心理需求，因此得到了极大的发展。

还有，魏晋南北朝时期谈风盛行，所谈内容由品评人物、清谈玄理扩展到讲故事。这为各种传说、故事的编造、搜集、汇编、流传等提供了良好条件，对志怪小说的创作更是意义重大。

此外，魏晋南北朝时期，散文、传说、史传等众多文学的繁荣，也为志怪小说的创作发展提供了活跃进步的氛围。

魏晋南北朝志怪小说题材广泛，内容驳杂，大概可分为三类，第一类是神仙鬼怪类。这类小说多鬼神异事，又以鬼的故事为多。

第二类是地理博物类。这类志怪小说直接继承了先秦时期地理博物类著作中带有志怪的传统，又在两汉一些志怪小说的基础上得到进一步发展。

这类小说多记述山川地理，远方异物，多琐碎简短，穿插了大量的神话传说，自成一派，对后世影响深远。

第三类是宣扬宗教类。这类志怪小说一是佛教徒宣扬生死轮回，善恶报应，佛法无边；二是道教徒宣扬长生不老、修炼成仙。它们都新颖动人，想象丰富，构思奇特。

魏晋南北朝志怪小说蕴含着极其丰富的社会内容，有些反映了人们见义勇为和英勇反抗的精神。

《搜神记》是一部记录古代民间传说中神奇怪异的故事小说集，搜集了古代的神异故事共400多篇，开创了我国古代神话小说的先河，作者是东晋史学家干宝。其中大部分故事，在一定程度上反映了古代人民的思想感情，是集我国古代神话传说之大成的著作。

李寄斩蛇出自《搜神记》，以前东越国有一条大蛇，为祸一方，地方官吏束手无策，听信巫祝神蛇之说，每年送一女孩喂蛇。

将乐县有一百姓名叫李诞，家里有六个女儿，没有儿子。他的小女儿李寄，要应征前往。父母慈爱，终究不让她去。李寄自己偷偷地走了，最后李寄访求好剑和会咬蛇的狗，将蛇杀死了。

李寄斩蛇的胜利，不仅是消灭

吴王夫差（？—前473），本名姬夫差，春秋时期吴国末代国君。经过历年的战争，在公元前482年，夺得霸主地位。但由于连年的兴师动众，造成国力空虚，后被越军乘虚而入，吴国灭亡于公元前473年，吴王夫差自刎。

■ 志怪小说插图

初显雏形

六朝小说

了蛇妖，更主要的是反映了她敢于斗争的胆略和善于斗争的智慧。

有些志怪小说热情歌颂了纯真美好的爱情，《紫玉韩重》写吴王夫差的小女紫玉与韩重相爱，因父亲反对，气结而死。她的鬼魂与韩重同居三日，完成了夫妇之礼。故事的情调悲凉凄婉，紫玉的形象写得很美。在我国古代的爱情故事中，女性总是比男性来得热情、勇敢、执着，这是值得注意的现象。

还有些志怪小说表现了人们对幸福生活的渴求和向往。《韶舞》写荥阳人何某一次在田间行走，看见一个人跳舞而来，舞姿轻逸翩翩。舞者告诉何某，刚才自己跳的是舜时韶舞。说完又边舞边走。

何某被他的优美舞姿吸引，跟着他走入一个山穴，发现了一个很宽阔的地方，这个地方有数十顷良田。何某留下来垦田生活，后来把家人也接来了，从此他们一家人快乐地在这里生活着。

总体来看，魏晋时期的志怪小说还不属于有意识的文学创作，叙事多，描写少，不精心刻画人物形象，一些故事虽以离奇取胜，情节又往往很简单，但是一些优秀作品在艺术上也取得了

■ 志怪小说小鬼壁画

干将 是春秋末著名冶匠，相传为吴国人，与欧冶子同师，善铸造兵器。曾为吴王阖闾作剑，"采五山之铁精，六合之金英"，金铁不销，其妻莫邪断发剪爪，投入冶炉，于是"金铁乃濡"，成剑两柄，即名为干将、莫邪。

很大的成就。

一些志怪小说加强了故事的完整性和丰富性，开始注意避免平铺直叙，追求情节波澜曲折，代表作品有《干将莫邪》《韩凭夫妇》《李寄斩蛇》《左慈》等。其中，《干将莫邪》的开头、发展和结尾三部分，完整圆合，很自然地推进了故事的情节。

一些描写妖魅神怪的小说在离奇曲折情节的基础上，还常常赋予被描述对象以人性和可感的音容笑貌，用写人的手法来写鬼神妖魅，富于人情味和生活情趣，令人兴味盎然，给人以丰富深刻的感受。

魏晋时期一些志怪小说已初步注意了对场面、人物动作、人物语言进行细节性的描写渲染，以衬托人物性格。

《搜神记》的《干将莫邪》和《韩凭夫妇》中，也都有关于人物语言和行动的细节描写，这对塑造人物形象帮助极大。

阅读链接

魏晋南北朝的志怪小说在我国小说史上有着十分重要的意义。唐代传奇就是在它的基础上，又接受史传文学的影响而发展起来的相当成熟的文言短篇小说。

同时，魏晋南北朝志怪小说为白话长短篇小说、戏剧提供了丰富的神怪故事素材。

宋人平话如《生死交范张鸡黍》《西湖三塔记》出自《搜神记》相同题材的故事；明长篇小说中的《封神演义》《三国演义》吸收了《搜神记》的若干材料；关汉卿的《窦娥冤》，汤显祖的《牡丹亭》《邯郸记》是《东海孝妇》《庞阿》《焦湖庙祝》的进一步发展。

另外，志怪小说在艺术想象和表现手法上为后代小说积累了一定的艺术经验，一直给后代小说以深刻的启示和影响。

志人小说的形成与成就

魏晋南北朝时期，志怪小说获得了迅速发展，并取得了一定的成就，这个时期能与志怪小说并驾齐驱的只有志人小说。志人小说，又称"逸事小说""清谈小说"，主要记述人物言行和记载历史人物的传闻逸事。

刘义庆

志人小说与志怪小说的本质区别在于志人小说是以人间故事、世俗生活为表现对象，是借神话传说、寓言故事和史传中记载的人物言行片断等手段，不断发展而成就自我的，这些志人故事虽短小，却也传神动人。

与志怪小说一样，志

■ 年画冷宫救昭君

人小说繁荣既有其文体自身原因，同时也是受外部环境影响作用的结果。

　　首先，志人小说是受先秦寓言故事、史传文学影响的结果。这些寓言故事和历史散文中一些关于人物言行举止、行为琐事的描写，深深地根植于魏晋时期许多文人心中，文中描写的高超艺术手法也为魏晋六朝文人所借鉴。

　　其次，魏晋南北朝的社会情况也有利于志人小说的发展。魏晋南北朝时期，士人崇尚清谈，喜欢品评人物，实际上是受东汉时期的影响。东汉中期，士人之间，多重"品目"。所谓品目，就是品评、衡量人物的优劣高下，品评标准就是人物的言谈行为。

　　当时的朝廷凭借议人取士，就是重视人物评议，

历史散文 古代散文的一种，是以记述历史事件的演化过程为主的散文类型。历史散文注重史料价值，历史散文有三种文体，分别为"国别体""编年体"和"纪传体"。我国最早的历史散文是《尚书》。

司马相如和卓文君石刻

凡被称誉的人，均可以获得"孝庸""贤良"之名，被朝廷征用，以此步入仕途，所以一句话就可能决定着一个人的成败与否。而那些没有得到"孝庸""贤良"之名的人则很难进入仕途，甚至会遭人唾弃。这种风气盛行的同时，也使得士人的各种琐事逸闻流传一时，这就为志人小说提供了非常重要的素材。

进入魏晋南北朝时期，文人名士用老子和庄子的思想来解释儒家经义，他们抛弃所有事务，只谈玄理，这就是"清谈"之风。文人名士将这些品评人物和清谈言辞收集整理，编撰成书，就是志人小说。

志人小说的主要内容是记述人物言行和琐闻逸事，按其内容大致可以分为三类：笑话类、琐言类、逸事类。因为这时期的志人小说有很多都是琐言与逸事兼载并记的，所以常将二者合为一点阐述，称为"琐言逸事类"。

笑话类志人小说多讲述幽默诙谐并带有讽刺意义的小故事。先秦寓言、两汉的史传中，就包含了许多笑话类的故事。

笑话作为一种文学体裁，是用生活中荒诞且不合常理之事来揭示矛盾，启迪思想，使人们从中受到教育，正是所谓的将教育蕴藏在娱乐当中。

好的笑话要贴近现实、褒贬得当。我国的笑话来自民间，民间笑话的第一次搜集、整理并编撰成书，是由三国时期魏国书法家邯郸淳完成的，他的著作《笑林》是我国笑话类小说的首部，也是第一部志人小说。《笑林》所收的民间笑话，反映了一些人情世态，生动有趣，对后世具有重大影响。

琐言逸事类志人小说是志人小说的主体，其内容要比笑话类志人小说内容丰富许多，其中有记述东晋至南北朝文人名士的言语及琐闻逸事的；有记述当时上层妇女言行品德，讽喻其妒忌行为，提倡无嫉之德的。这类小说主要有《语林》《郭子》等。

此外，还有载录具有小说意味的民间故事的；也有描述野史性质的短小故事的；更有记录当时名人

■ 塞外昭君图

士族的玄妙清谈、怪异嗜好及各类遗闻逸事，从而表现他们的人生态度、文化趣味的。这类小说代表作是葛洪的《西京杂记》。

《西京杂记》主要记述西汉人物逸事，也涉及宫室制度、风俗习惯，带有怪异色彩。其中有些故事后来很流行，如"王昭君、毛延寿"故事，"卓文君"故事。

另外，从艺术角度看，琐言逸事类志人小说要超过笑话类志怪小说，其内容多姿多彩，语言之精妙，文字之传神，也是笑话类志人小说所不及的，一直被人所津津乐道。

南朝宋刘义庆编撰了一部志人小说，这部志人小说名为《世说新语》，它是我国最早的一部文言志人小说集，其成就和影响最大，代表了魏晋南北朝时期志人小说的最高峰。

《世说新语》全书共收1000多则故事，记述简练，一般只有数行文字，短的只是三言两语。它主要记载汉末至东晋年间一些士大夫的言行逸事，对统治阶级的政事和日常生活也有所涉及。

■ 毛延寿画汉宫春晓图

通过这些描写，形象地反映了当时的社会风貌，尤其是反映了士大夫阶层的生活状况乃至精神世界。其中有不少批判黑暗现实、讽刺奢侈淫佚、赞扬智慧和善良的记述。

卓文君画像

《世说新语》语言质朴精练，有的就是民间口语，言简意深，耐人寻味。记载人物往往是一些零碎的片断，但传神地表达了人物的个性。书中随处可见出色的比喻和形容、夸张和描绘。

志怪小说与志人小说相比，志人小说缺乏志怪小说丰富的想象和幻想，以及鲜明的人物形象和比较完整的情节，因此，志怪小说具有更多的小说因素，更容易发展成更高级的小说形态。

阅读链接

在先秦两汉时期，小说是由稗官来写的。稗官是什么样的官呢？稗官是古代的一种小官，专门给帝王搜集街谈巷语以及道听途说之言，后来称小说为稗官，泛称记载逸闻琐事的文字为稗官野史。稗官反映对象的身份很不明确，因为街谈巷语的传说中，各种人物都有。

三国时魏国书法家邯郸淳编著的《笑林》是我国最早出现的志人小说，这部小说体现了这种街谈巷语来源的不明确性。

邯郸淳虽然不是稗官，但却是以稗官的身份写的《笑林》。史载邯郸淳晚年被魏文帝辟为博士给事中，《文心雕龙》记载："至魏文因俳说以著笑书。" 邯郸淳采集、编排民间街谈巷语中的笑话，向魏文帝进说。

"文言双璧"的艺术成就

■ 董永卖身葬父

志怪小说和志人小说共同开创了魏晋南北朝小说的繁盛，从数量上看，志怪小说和志人小说数量颇丰，著名的志怪小说有《列异传》《博物志》《玄中记》《搜神记》《神仙传》等，其中《搜神记》写得最好，是志怪小说的代表。

志人小说的数量不多，著名的有《笑林》《世说新语》等，其中《世说新语》是志人小说的集大

成之作，是志人小说的代表。

■ 壁画八仙图

《搜神记》和《世说新语》共同铸造了魏晋六朝文言小说的辉煌，代表了魏晋六朝时小说的最高成就。

《搜神记》的作者是东晋时的史学家干宝。干宝十分笃信世界上有鬼神，是一个不折不扣的有神论者，他在《搜神记自序》中称："及其著述，亦足以发明神道之不诬也。"就是想通过搜集前人著述及传说故事，证明鬼神确实存在。

《搜神记》中，干宝搜集了400多篇古代神异故事，另外，还搜集了不少民间传说和神话故事，其中大部分故事在一定程度上反映了古代人民的思想感情。《干将莫邪》《李寄》《韩凭夫妇》《吴王小女》《董永》等是其中的名篇。

干宝描述鬼神妖怪之事，多采用虚构手法、夸张手段，使小说极具浪漫主义色彩。

《韩凭夫妇》其中一段这样描述：

> 宿昔之间，便有大梓木生于二冢之

文言小说 古代以文言记录的杂事、异闻和故事。文言小说的作者通常为知识分子或官吏。文言小说的语言是文言文；创作手法有夸张、比喻；形式大都是残丛小语，尺寸短书，即短篇，代表作品有《搜神记》《世说新语》《剪灯新话》《聊斋志异》等。

■《柳毅传书》木雕

端，旬日而大盈抱。屈体相就，根交于下，枝错于上。又有鸳鸯，雌雄各一，恒栖树上，晨夕不去，交颈悲鸣，音声感人。宋人哀之，遂号其木曰"相思树"。

大意是康王在迫害韩凭夫妇致死后，为了泄愤，将他二人分开埋葬。一夜之间，便有大树长在两座坟墓之上，根交于下，枝错于上，更有雌雄一对鸳鸯在树上交颈悲鸣，久不散去……

小说中富有浓厚浪漫主义色彩的神奇结尾，象征着韩凭夫妇的精神不死，永不分离。其神奇的想象，让人感到故事的凄美和浪漫。

在叙事故事时，作者干宝注重叙事技巧，讲究故事的曲折起伏，脉络清晰，因果相连，还扩大了作品的容量，增强了故事的完整性。

如《干将莫邪》的故事在《列异传》中的描写不足200字，而在《搜神记》中却增至400多字，这就大大完整了故事情节。

干宝还注重人物形象的塑造，增强现实感。小说中那些鬼怪故事，本是不存在的，但作者着力笔墨来突出人物形象和性格特征，使故事的现实感和可读性都有所增强。

如在叙述宋定伯捉鬼过程时，宋定伯先是大胆与鬼交谈，一步步了解鬼的底细。在掌握鬼的弱点后，将其卖掉，成功地塑造了一个机智勇敢的人物形象。

在文法上，《搜神记》运用了韵散结合的形式。这种形式这不仅影响了其他小说的创作，也使其成为古代小说的民族特色之一。

《世说新语》由南朝宋刘义庆召集门下食客共同编撰而成，刘义庆是宋武帝刘裕的侄子，《宋书》记载他"招聚文学之士，近远必至"，可见《世说新语》应该成于众人之手，是众人智慧的结晶。

《世说新语》分上、中、下3卷，依内容分有："德行""言语""政事""文学"等，共36类，每类收有若干则，全书共1000多则，每则文字长短不一，有的数行，有的三言两语。

《世说新语》内容丰富，文笔精练，往往通过只言片语，便可生动传神地表现人物性格，可谓简约传神。作者运用精练简洁的语言，描绘人物

《干莫炼剑图轴》

的言谈举止，令人过目难忘，"刘伶病酒""蓝田性急"等故事，语言简约，刻画人物形象生动，充分地说明了这一点。

作者善于通过对比和细节，凸显人物的个性。如在描写管宁与华歆时，华歆不仅对黄金动心，又对官位贪慕，正直的管宁最终与他割席断交，表明了他们的不同追求。

在描写周处和戴渊如何弃恶从善，成为经纬人才时，作者着力描写了周处的转变过程，细致生动，见微知著。

《世说新语》将士人作为一个群体来研究，并对人性的丰富性、复杂性展开探索，体现了作者对人的审视的不断丰富。这对后世小说有着重大的参考和借鉴意义。

阅读链接

《搜神记》内容丰富，语言雅致清峻，是"直而能婉"的典范，对后世影响极大。它不但成为了后世志怪小说的前世参照标准，又成为后人文学创作素材的宝库，传奇、话本、戏曲、通俗小说经常从中选材。

《搜神记》的续作、仿作很多，最著名的为署名陶潜的《搜神后记》10卷。这部书是否真的为著名的大诗人陶渊明所作，还不能确定。

该书除少数故事与《搜神记》《灵鬼志》等书相重外，绝大部分采自当时的民间传闻。书中多讲神仙故事，其中有一些优秀的文章，如卷五的"海螺女"故事和"阿香推雷车"故事等，都十分优美，历代传诵。

唐代小说

古代小说发展到唐代，进入了一个新的发展阶段，呈现了欣欣向荣的景象，被称为"特绝之作"的传奇小说，在这个时期开始出现在文坛上，并以其优美的艺术形式和广阔的社会生活内容为世人称道。

唐代传奇小说是唐代的文言短篇小说，内容多传述奇闻异事，简称唐传奇。它远继神话传说和史传文学，近承魏晋南北朝志怪和志人小说，发展成了一种以史传笔法写奇闻异事的小说体式。

有学者称唐传奇"始有意为小说"，标志着我国古代小说创作进入一个新的阶段。

唐传奇小说的形成与兴起

唐代前期，社会比较安定，农业和工商业都得到发展，像长安、洛阳、扬州、成都等一些大城市，人口众多，经济繁荣。

这种状况，开阔了唐朝文人的视野，为他们的创作提供了丰富的素材，他们开始逐渐摆脱志怪小说的狭小范围，而去表现更为广阔的社会现实生活。

■华夏英雄传

这一时期，市民阶层兴起，为了满足他们对文化娱乐的需要，产生了"市人小说"。"市人小说"就是民间说话艺术。

当时佛教兴盛，佛教徒也利用这种通俗的文艺形式说唱佛经故事或其他故事，称为"变文"，促进了说话艺术的发展。

当时，从民间到上层，说话艺术普遍受到人们的喜爱。唐小说家郭湜的《高力士外传》记载：唐玄宗晚年生活寂寞，高力士经常让他听"转变说话"，即说变文和小说给唐玄宗解闷取乐。

■ 唐传奇插图柳毅传书

发展成熟

唐代小说

当时文人聚会时，也有以"说话"消遣的。唐代诗人元稹的《酬白学士代书一百韵》诗中自注：

> 乐天每与余游从，无不书名题壁，又尝于新昌宅说'一枝花话'，自寅至巳，犹未毕词也。

《一枝花话》属于民间说话，讲的就是唐文学家白行简《李娃传》所记的故事，讲话历时4个时辰，即8个小时，尚未讲完，可见叙述非常细致。

文士间流行说话风气，其说话艺术很细致，这就成为促使唐传奇大量产生并取得突出成就的一个重要原因。说话艺术的现实性、通俗性、传奇性为唐传奇

唐玄宗（685—762），即李隆基，唐睿宗李旦第三子，亦称"唐明皇"。712年至756年在位。在位前期任用姚崇、宋璟等贤相，励精图治，社会稳定，经济发展，创造了"开元盛世"，在位后期宠爱杨贵妃，怠慢朝政，宠信奸臣李林甫、杨国忠等，导致政局不稳，社会动荡。

小说提供了有益的借鉴。

在唐代，儒家、佛教、道教三家并存，人们的思想比较活跃，统治阶级特别提倡道教，道士在社会上享有各种特权，风气所及，很多人竞相建筑道观，崇尚道教，妄想长生不老，飞天成仙，这就客观上促使求仙问道的作品大量问世。

■ 志怪小说插画

另外，佛教也深深影响着唐传奇小说的发展，唐传奇小说在佛教文学和佛教民间故事的影响下，想象力更为丰富，语言更为平易、准确、具体、生动，同时，佛经散韵夹杂的体裁，对传奇小说的结构形式也有一定的影响。

魏晋南北朝时期的志怪和志人小说为唐传奇提供了有益的借鉴，在题材、主题上对唐传奇产生了深远的影响。唐传奇的很多故事都取材于魏晋六朝时期的志怪小说。志人小说虽然不像志怪小说那样对唐传奇影响巨大，但在记事传人的现实性和艺术技巧等方面，也为唐传奇积累了丰富的经验。

先秦两汉和魏晋时期的史传文学，其中特别是《史记》对传奇小说创作有很大的影响。《史记》的

儒家 又称儒学、儒家学说，或称儒教，是我国古代最有影响的学派之一。儒家最初指的是冠婚丧祭时的司仪，自春秋起指由孔子创立的后来逐步发展以仁为核心的思想体系。儒家的以人为文明核心、主体的思想，对我国以及东方文明有着重大影响。

题名、结构、行文、人物刻画都被唐传奇的许多作品直接采用。

介于正史和小说之间的野史杂传，描写人物细致生动，结构严谨完整，情节曲折委婉，对唐传奇的发展影响更为深远。

魏晋南北朝时，作者把小说作为记录异闻奇事的野史一类看待，记录比较简略，行文比较粗糙，语言缺乏藻饰。志怪记人之类的小说，因缺乏文采而不为论者所重视。

进入唐代，情况有了变化，人们的审美情趣发生了极大的改变，文人逐步放下了对小说的轻视态度，转而投注到这种比文赋诗词更富趣味的创作中。

另外，唐代科举取士，重视文学。在各科中，诗赋杂文的进士科最受重视。士人在应试之前，常将自己所作的诗文给当时有名望的人看，以求称誉，扩大社会名声，为考中进士科创造条件，称为"行卷"。传奇文也常用作"行卷"。

宋赵彦卫《云麓漫钞》记载：

唐代士人行卷，逾数日又投，谓之'温卷'，如《幽怪录》《传奇》等皆

《史记》 我国第一部纪传体通史。全书共有本纪12篇，表10篇，书8篇，世家30篇，列传70篇，共130篇。约52.65万字，记载了上自上古传说中的黄帝时代，下至汉武帝太史元年间共3000多年的历史。与《汉书》《后汉书》《三国志》合称"前四史"。

041
发展成熟
唐代小说

■ 《史记》

■ 志怪小说插图

是也。

这就在一定程度上促进了传奇小说的发展。

唐代是一个充满浪漫主义的时代。唐代文人思想活跃，他们需要找一个超脱现实以外的精神归宿寄托他们的这种浪漫情怀，而传奇小说就为他们提供了这种虚拟的世界，供其阐述观点和寄托情思。

还有，同时期的其他文体，如诗歌、散文以及故事化的辞赋，也为唐传奇小说的繁荣输送了新鲜血液，它们的语言特点、表现手法、浪漫情结，均对传奇小说产生了巨大影响。

相对于魏晋六朝小说，唐传奇有着巨大的进步。唐代以前的所有小说，都只是一种不自觉的文学创作。魏晋六朝的志怪小说，就是为了将作者所信的鬼神异事描述出来，直陈其事，是无意间的创作或者说是记录。

但是唐传奇小说则是有目的、有意识地进行小说创作，借小说的形式和内容，来表达自己的观点、看法和思想，是"始有意为小说"。

唐以前的志怪小说只是粗陈梗概，内容驳杂，篇

散文 与诗歌、小说、戏剧并称的一种文学体裁，指不讲究韵律的散体文章，包括杂文、随笔、游记等。散文是最自由的文体，不讲究音韵，不讲究排比，没有任何的束缚及限制，一篇散文通常具有一个或多个中心思想，以抒情、记叙、议论等方式表达。

幅短小。而唐传奇小说则将其丰富为一个完整的故事，表达一定的思想，写人叙事严谨规范，笔法精湛，技艺高超。

还有，唐传奇小说的内容和题材不断丰富和扩大。志怪小说专写神仙鬼怪之奇事，而唐传奇小说不止记录鬼怪之事，更多的是描写人间世俗的事。

如民间流传的精怪故事，朝野传颂的人间佳话，侠肝义胆的英雄故事，以及感人肺腑的爱情神话，等等，而这些内容又往往结合在一起，直面现实，勇敢地批判丑恶，歌颂高尚的情感，这显然是小说发展的一大进步。

此外，在语言和情节构造上，唐传奇小说也得到进一步突出。语言方面，从简练古朴到文辞华丽；情节从风趣有致到委婉曲折、波澜起伏。唐传奇小说是真正符合要求的小说，标志着我国古代小说进入了欣欣向荣的阶段。

阅读链接

唐传奇来源于世俗生活，也反映世俗生活。传奇之"奇"与爱情、豪侠、隐逸的联系非常密切。

沈既济的《任氏传》、许尧佐的《柳氏传》、元稹的《莺莺传》、白行简的《李娃传》、陈鸿的《长恨歌》、蒋防的《霍小玉传》、沈亚之的《湘中怨解》等，都是爱情名篇。唐传奇中，也出现了一系列引人注目的豪侠形象，如红线、红拂、聂隐娘等。

大多数的正史为建功立业者做传，但唐传奇却鼓励人们去做隐士。沈既济的《枕中记》、李公佐的《南柯太守传》都表现了对隐逸生活的追求和向往。

从这里，我们可以看到，爱情、豪侠、隐逸这三种题材，向来为正史所拒绝，或处于正史的边缘，但在唐传奇中，它们却居于中心地位。

唐传奇小说的发展历程

　　唐传奇小说的发展历程大体可分3个阶段。初、盛唐时期是唐传奇的发轫时期，也是由六朝志怪小说到成熟的唐传奇的过渡时期。

　　中唐时期是唐传奇小说的鼎盛时期。这一时期不仅是传奇小说作家和作品数量最多，而且作品质量也是最高的。

贵妃上马图

　　晚唐是唐传奇小说的衰落时期，虽然作品数量不少，并出现了专集，但内容较为单薄，艺术上也较为粗俗，唯有豪侠题材的作品成就较高。

　　初唐至盛唐时

期，唐传奇小说基本沿袭了六朝志怪小说的遗风，内容多以描写神怪故事为主，在描写神话故事时又穿插了人世间的事。

虽然描写还比较粗糙，但是已经注意到形象的描绘与结构的完整，叙述故事发展过程比较详细具体，篇幅有所增加，已经向有意识创作靠近。

唐传奇小说中最早的《古镜记》，相传为隋末唐初人王度所作，它以古镜为线索，把10多个怪异故事连缀起来组成长篇，叙述较为细致，比六朝志怪小说有很大的进步。

《补江总白猿传》一般也被推测为属于这时期的作品。内容属志怪一类，情节较曲折，描绘也较具体生动。它避免了平铺直叙、流水账式的简单记述手法，而是绕着中心情节，展开矛盾冲突。

《补江总白猿传》是用简洁优美的古文写成的，叙事较为生动形象，虽然还没有摆脱六朝志怪小说的怪异的色彩，但在一些艺术表现手法上已经有了很大的改变。

唐高宗、武则天时期，张鷟撰写成传奇小说《游仙窟》。《游仙窟》的最大特点是基本采用一种韵散相

■ 《西厢记》插图

张鷟（约660—740），字文成，自号浮休子，唐代小说家。他于高宗李治调露年登进士第，当时著名的文人骞味道读了他的试卷，叹为"天下无双"，被任为岐王府参军。此后他又经八科考试，每次都列入甲等，因而赢得"青钱学士"的雅称。这个雅号后代成为典故，成了才学高超、屡试屡中者的代称。

■《莺莺传》插图

太守 原为战国时代郡守的尊称。西汉景帝时，郡守改称太守，为一郡最高行政长官。历代沿置不改。南北朝时，新增州渐多。郡之辖境缩小，郡守权为州刺史所夺，州郡区别不大，至隋初遂存州废郡，以州刺史代郡守之任。此后太守不再是正式官名，仅用作刺史或知府的别称。明清则专称知府。

间的形式，在简单的故事情节中，穿插着大量的诗歌骈语，并以此作为全篇的主体，这对后来的传奇小说通过赋诗言志来交流人物感情的写法，起到了启示的作用。

《游仙窟》基本上摆脱了志怪小说的神怪气息，开始着眼于人世间的生活的描写。

这一时期，还有张说的传奇小说《绿衣使者传》也着眼于市民生活，着重表现人情世态。这表明，这一时期的传奇小说开始向新的领域扩展了。

进入唐代中期，传奇小说迎来了空前繁荣的时代，这一时期，涌现了大量的传奇作家和作品，一些最优秀的单篇传奇，几乎都产生在这一时期。

这一时期多数作品内容从前期的以志怪为主转为以反映现实生活为主，即使有一些涉及神怪的篇章，也往往具有社会现实内容，而且反映的生活面较广。作品想象丰富，构思精巧，情节曲折动人，注重人物形象的描摹和刻画，生活气息浓郁。

这一时期的传奇小说作品，大致可分为神怪、爱情、历史、侠义等类别。其中有些作品内容交叉。神怪类讲的是神仙鬼怪一类故事，题材虽沿袭六朝志怪小说的传统，但内容、形式都具有新的特色。

　　小说家沈既济的《枕中记》、李公佐的《南柯太守传》等作品，分别写卢生、淳于棼于梦中位极宰相，权势显赫，梦醒后猛然觉悟、皈依宗教的故事，表现了人世荣华富贵如梦境空虚，不足凭恃的意味。

　　这两篇作品受南朝志怪小说《幽明录》中《焦湖庙祝》的影响，但是《焦湖庙祝》全文仅百余字，叙述简略。

　　《枕中记》《南柯太守传》两篇则篇幅较长，描绘具体，情节细致，显示出作者"施之藻绘，扩其波澜"的特色。

　　不仅如此，这两部作品由于把梦境中的仕途遭遇与波折铺叙得淋漓尽致，也间接反映了当时朝廷和官场的某些情况，具有一定的现实意义。

　　爱情类作品是这一时期传奇小说写得最精彩动人的，代表了唐传奇小说的最高成就，这些作品大多歌颂坚贞不渝的爱情，塑造了众多的具有反抗精神的女性形象。

　　这类主要作品有《霍小玉传》《李娃传》《莺莺传》《柳毅传》《离魂记》等。

047

发展成熟

唐代小说

■《莺莺传》插图

■ 《莺莺传》插图

琴棋书画 指弹古琴、下围棋、书法、绘画四种古代艺术性文物或技艺，又称雅人四好。相传，起源于"三皇五帝"时期。我国古代，弹古琴、弈围棋、书法、绘画是文人骚客，也包括一些名门闺秀修身所必须掌握的技能，故而合称琴棋书画。常用以表示个人的文化素养。

《霍小玉传》是一篇描写沦落风尘的女子与士子恋爱而以悲剧结尾的传奇小说，作者把霍小玉塑造成一个美丽痴情而又坚韧刚烈的悲剧形象，文中这样写道：

但觉一室之中，若琼林玉树，互相照耀，转盼精彩射人。

她温柔、善良、痴情、单纯、敢爱敢恨，而且琴棋书画样样精通，她的悲惨命运让人扼腕，让人叹息。

《霍小玉传》着眼于当时社会环境与人物性格的关系，塑造出鲜明的人物形象。善于运用对比、映衬、烘托等艺术手法，使人物显得鲜明、丰满。其中霍小玉的痴情与李益的负心，其对比尤为强烈，这种对比，对于塑造这两个人物形象，起到了很好的艺术效果。

《李娃传》写荥阳大族郑生喜欢上了长安风尘女子李娃，两人屡经波折，几经丧生，终获美好结局的故事。作品结构非常完整，故事情节波澜曲折，叙述清楚，主要人物性格展现丰富，具有一定的现实意义。

此外，爱情类传奇小说中还有一些具有神怪色彩的爱情小说，如《任氏传》《离魂记》《李章武传》等，这些小说继承了魏晋六朝志怪的小说，又有所创新，在神奇怪异的描写中充满了人间社会的清新气息，富有浪漫主义色彩。

此外，还有一些反映历史、社会以及表现侠义的作品，代表作品有《长恨歌传》《东城老父传》《谢小娥传》《冯燕传》等，这些作品有的具有较高的史学价值，有的具有较高的文学价值，对后来的传奇小说都具有一定的借鉴意义。

唐代晚期，唐传奇小说的数量大为增加，出现了大批传奇小说专集，主要有《郭远振》《玄怪录》《续玄怪录》《纪闻》《集异记》《三水小牍》等，这些作品内容多是搜奇猎异，神怪气氛浓厚，与现实生活逐渐疏远。

晚唐时，一些表现豪士侠客的作品写得很好，具代表性的有《红线传》《聂隐娘》《昆仑奴》等。一些以爱情为题材的传奇作品，写得较好的有《无双传》《步飞烟》《崔书生》等。

传奇小说专集中还有一些小故事，虽然情节比较单纯，描写也不够细致，但思想内容具有进步意义。

《西厢记》壁画

皇甫氏《原化记》中的《京都儒士》，写京都一儒士自称有胆气不畏鬼怪，某夜独宿凶宅，心中惊怖，丑态毕露，刻画了一个言行不一的知识分子形象。作品篇幅短小而含意隽永。

唐代诗歌发达，产生了不少关于诗人及其创作的传说和故事。其中一部分也富有传奇色彩。单篇中如《柳氏传》《秦梦记》，专集中如《集异记》的《王维》《王之涣》等均属此类。

《云溪友议》《本事诗》两书，主要或专门记载有关诗人诗作的故事。

魏晋人崇尚清谈放诞，产生了《语林》《世说新语》等笔记小说；唐人崇尚诗歌，产生了《云溪友议》《本事诗》等故事集，从中都可以看出一个时代的特殊风气。

阅读链接

唐传奇小说语言，一般运用散体，但多四字句，句法较整齐，沿袭了六朝志怪小说的传统。六朝志怪小说如《搜神记》等，语言比较质朴，不讲究对偶和辞藻，在当时区别"文""笔"的风气下，属于"笔"这一类，但因受骈文盛行的影响，一部分语句句法比较整齐，风格上也有与骈文接近的一面。

唐传奇小说的语言，就是沿着这一方向发展的。有些篇章如唐代前期的《游仙窟》，甚至以骈体为主，但多数作品虽夹杂骈句，基本上仍是散体。不过由于作者有意重视文采，不少作品语言颇为华艳。

中唐时传奇繁荣，名篇迭出，古文大家韩愈、柳宗元在当时风气影响下，也写了几篇接近传奇小说的文章，如韩愈的《毛颖传》、柳宗元的《河间传》。但它们不像传奇小说那样注意讲述有趣味的故事，着重表现作者的意想和文采。

传奇小说主要成就和影响

唐代传奇小说揭开了我国现实主义小说的序幕，反映了城市社会生活的繁荣复杂。在我国小说史上承前启后，占有重要地位。

唐传奇小说的创作者们都是有意识地进行小说创作，不但扩大了小说的题材，而且提高了小说创作的艺术水平。

魏晋六朝时，志怪小说处于传录异事、粗陈梗概的阶段，而唐传奇的作者更注重作品的审美价值，注重小

■柳毅传书塑像

■ 绢人崔莺莺

年号 我国古代
封建王朝用于纪
年的专有名号。
从汉武帝刘彻即
位，我国开始
启用年号制度。
我国古代新皇登
基，为了区别上
一任皇帝，新皇
帝根据自己的思
想，起一个新的
年号。年号是我
国历史中的精神
文化遗产。

说愉悦性情的功用，将小说发展到了比较成熟的阶段，也使小说形成了自己的规模和特点。

唐传奇小说的写作动因，或是友朋相遇，"昼宴夜话，各征其异说"，或是"会于传舍，宵话征异，各尽见闻"，最后由善于叙事的朋友整理成篇，这是唐传奇小说产生的基本模式。

唐传奇小说更加关注个性生命和个体情感，角度全面地展示纷纭复杂的人世生活，让诸色人等在作品中跃动，借以寄寓个人的志趣爱好和理想追求。传奇的创作者对各种传说见闻除艺术加工外，还在其基础上进行杜撰和虚构，从而使小说具备传奇的特点。

那些以神怪、异梦为题材的作品，讲的本就是虚幻无稽之事，虚构想象自然成为其基本手法，即使以历史和现实生活为题材的作品。《长恨歌传》《霍小玉传》等，作者也并不拘泥于史实、传闻，而是根据创作的需要，深深探寻人物的内心隐秘，有目的地进行再创作。

在结构布局上，唐传奇往往采用史传的表现方法，明确交代故事发生的时间、地点，甚至标注年号，造成心理上的真实感觉。

唐传奇小说的布局不过是一个外在的框架，而在故事展开过程中，则绝不受其限制，既大量使用虚构、想象，又致力于细节描写，在真假实幻之间，创造出情韵盎然、文采斐然的艺术品。

唐传奇小说篇幅一般不长，短的仅有几百字，长的也没有超过一万字，但构思奇异新颖、富于变化，使有限的文字生出无限的波澜，以曲折委婉的情节引人入胜。如《李娃传》《莺莺传》《柳毅传》几篇描写爱情的佳作都善于选择一个有典型意义的事件，展开矛盾冲突，但其构思方式和情节结构却各不相同。

《李娃传》情节跌宕起伏，充满戏剧性的变化，最后以大团圆结局，颇具世俗气息。《莺莺传》则以"始乱终弃"为线索，叙述描写中不时杂以短小精当的诗作，穿针引线，醒目提神，强化了作品的抒情性和悲剧效果。

发展成熟

唐代小说

莺莺听琴蜡像

■ 年画莺莺听琴

写生 直接面对对象进行描绘的一种绘画方法，有"风景写生""静物写生"和"人像写生"等多种根据描绘对象不同的分类。一般写生不作为成品绘画，只是为作品搜集所需素材，但随着逐渐发展也有的画家直接用写生的方法创作。

《柳毅传》的构思和情节，以离奇变幻、巧妙曲折为特色。在柳毅为龙女传书的使命已经完成，准备离开龙宫之际，突然插入钱塘君逼婚一节，使得波澜再起；柳毅回家后两次所娶之妻均夭折，最后与卢氏成婚，而当谜底揭开后，方知这位卢氏正是龙女的化身。情节安排环环相扣，一转再转，既出人意料，又在情理之中。

不少传奇小说作者还善于人物写生，他们不仅善于以精湛的细节描写来提示人物的心理活动，用对比、衬托手法来表现人物的性格特点，而且工于白描式的肖像摹写，往往三言两语，即飞笔传神。

唐传奇小说叙述事件简洁明快，人物对话生动传神，词汇丰富，句式多变。有些作品虽然施以藻绘，却没有给人以繁缛之感，一些佳作更善于用诗化语言营造含蓄优美的情境。在描写景物、渲染气氛时，或简笔勾勒，或浓墨重染，极富艺术表现力和感染力。

唐传奇小说创作了一系列不同类型的艺术典型，如霍小玉、李娃、崔莺莺、任氏、柳毅、卢生等，都是富有艺术生命力的人物形象。

唐代传奇小说对后代小说、戏曲及讲唱文学的影响很大。唐传奇小说的很多题材和人物为宋以后的白话短篇小说和话本所采用。

沈既济作的《枕中记》，写卢生在梦中做了丞相，权势煊赫，梦醒觉悟，皈依佛教，表现人世富贵如梦境之空虚。此作标志唐传奇创作进入全盛时期，对后世文学颇有影响。

宋罗烨《醉翁谈录》记载，宋代有不少根据唐传奇故事编成的话本，但大多已经遗失。明人所辑的话本集《清平山堂话本》"三言""二拍"中，也保存

讲唱文学 用散文的说白讲述故事，韵文的唱词歌唱，讲唱结合，互为补充的文艺形式。讲唱文学无论是在农村还是在城市，都是群众比较喜爱的文艺形式。讲唱文学大体上可分为三类：一类是单纯的文，只唱不说，如竹板书和快书。一类完全是用散文，只说不唱，如评书。还有一类是韵文和散文相间使用，有说有唱，如大鼓词。

055

发展成熟

唐代小说

■ 怪异小说插图

了好些取材于唐传奇的话本。

唐传奇小说中叙事、诗笔、议论相结合的形式，即所谓"文备众体"的特点，以及传奇描写人物的手段，如比较细腻的细节描写，传神的人物对话，等等，对话本也都有所借鉴和发展。

清代蒲松龄的《聊斋志异》更是继承并发展了唐传奇小说人物形象鲜明、故事情节曲折、语言华艳生动的特色，获得了巨大的成就。

大凡著名的传奇故事，在后代都各自产生若干同一题材的戏曲。最为人所知的是《长恨歌传》对元代王诸宫调《天宝遗事》、杂剧《梧桐雨》和清代传奇戏曲《长生殿》的影响；《莺莺传》对宋代《崔莺莺双调蝶恋花鼓子词》、元代《西厢记》的影响；《霍小玉传》《枕中记》对传奇戏曲"玉茗堂四梦"的影响，等等。

改编的这些作品，有的增添了新内容，有的有所发展和创新，成为一代佳作，代表作品有《西厢记》《长生殿》等。

小说源流

小说历史与艺术特色

阅读链接

元稹的《莺莺传》是著名的唐传奇小说，在唐传奇小说的发展中具有里程碑的意义。在它之前小说，如《离魂记》《任氏传》《柳毅传》等反映爱情生活的作品，都多少带有志怪的色彩。《莺莺传》写的则是现实世界中的恋情。

《莺莺传》是唐代传奇中影响最大、流传最广的传奇作品之一，故事广泛流传。

宋代有赵令畤《商调蝶恋花》鼓子词、《莺莺传》话本、《莺莺六幺》杂剧，金代有董解元《西厢记诸宫调》，元代有王实甫《西厢记》杂剧，明代有李日华《南调西厢记》、陆采《南西厢》，清代有查继祖《续西厢》杂剧、沈谦《翻西厢》传奇，等等，其源头都是《莺莺传》。

进入宋元时期，流行于市民阶层的"说话"艺术不断发展，最终使极具市民特征的话本小说流行开来。

宋元话本小说的出现，使我国古代小说从内容到形式都更加面向社会，面向大众，也标志着我国古代短篇白话小说走向成熟，从此，形成了文言小说与白话小说双峰对峙、双水分流的局势。

我国古代小说史由此呈现出更加错综复杂的境况。更为重要的是，宋元话本小说的繁荣使得文言逐渐转化为白话，这个阶段具有里程碑意义。

宋元小说

"说话"艺术兴起与繁盛

唐宋以来，民间广泛流行一种叫作"说话"的表演艺术，说话就是讲说故事。"说话"艺术起源于古代的说唱艺术，我国古代很早就有了说故事和说书的传统。

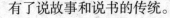元稹蜡像

东汉时代的"说书俑"，歪头吐舌，缩肩耸臀，极为生动地显示出，说书艺人讲到紧要关头时手舞足蹈的神态。三国时期，曹植背诵过徘优小说。这种徘优小说融表演与说唱为一体，是说话艺术进一步发展的体现。

到了隋代，侯白的《启颜录》里已经用"说话"来专指讲故事了。进入唐代，"说话"已经变成一种专门的表演艺术，风靡一时，上自宫廷，下至民间，无不在"说话"。

郭泛《高力士外传》记载：

> 上元元年七月，太上皇
> 移杖西内安置。每日上皇与
> 高公亲看扫除庭院，芟葺草
> 木；讲经、论议、说话，虽
> 不近文律，终冀悦圣情。

这表明唐肃宗时，"说话"
已经从民间进入了宫廷。

诗人元稹在《酬翰林白学
士代书一百韵》里有"翰墨题名
尽，光阴听话移"的诗句，这里的"听话"，就是指
听说书人讲唱故事。

■ 说话表演塑像

元稹本人也作了注解说：

> 尝于新昌宅听说'一枝花话'，自寅
> 至巳，犹未毕词也。

"一枝花话"就是当时民间传说的李娃的故事。
除了"一枝花话"外，还有《庐山远公话》《韩擒虎
话本》《叶净能话》等唐话表演，唐朝的说话技艺已
发展得相当成熟了。

唐代还盛行一种由当时寺院僧侣向民众进行佛教
宣传的"俗讲"。这种"俗讲"，开始时只是单纯演
说经文和佛经故事，后来逐渐演变，也讲唱一些民

说唱艺术 广泛流
行于民间的一种
文学表现形式，
用来讲唱历史、
传说叙事及文学
作品的一种艺术
体裁，是音乐、
文学和表演相结
合的综合艺术形
式。其音乐以叙
述功能为主，兼
有抒情功能。说
唱艺术可单口说
唱，可多口说
唱；可乐器伴
奏，可无伴奏。

■ 昭君出塞图

间传说和历史故事，如《汉将王陵变》《秋胡变文》《伍子胥变文》《昭君变》等。

"俗讲"与"说话"关系极为密切，唐代"说话"在发展上不仅吸收了"俗讲"的某些形式和技巧，而且在题材内容上也深受影响。

进入宋代，随着宋代工商业的发达和城市经济的繁荣，"说话"也出现了空前繁盛的局面。当时城市中出现了许多专门表演各种民间技艺的瓦舍勾栏。

北宋时，京城的瓦舍已颇具规模，到南宋时，规模进一步扩大，并向中小城镇发展，构成遍布全国的文化娱乐市场。

在瓦舍勾栏上演各种民间技艺，除"说话"外，还有杂剧、傀儡戏、诸宫调等。《东京梦华录》记载，当时的瓦舍勾栏，十分繁闹，游者如云，"不以风雨寒暑，诸棚看人，日日如是"。

傀儡戏 用木偶来表演故事的戏剧，我国古代又称傀儡戏。表演时，演员在幕后一边操纵木偶，一边演唱，并配以音乐。根据木偶形体和操纵技术的不同，有布袋木偶、提线木偶、杖头木偶、铁线木偶等。我国的木偶戏历史悠久，三国时已有偶人可进行杂技表演，隋代则开始用偶人表演故事。

当时，"说话"是一种重要的技艺，深受人们的喜爱。说话艺人的人数也相当多，据《武林旧事》记载，仅南宋临安城就有说话艺人约百人。

同时，说话艺人之间的分工也越来越细，因内容和形式以及艺人们各自的专长不同，"说话"又分为四大家：小说、说铁骑儿、说经、讲史。

四大家中，以小说、讲史的影响最大，尤以小说家最有影响力。因为小说基本上是取材于城市平民各阶层的生活，它对现实的反映最为直接及时，故事的内容是市民听众熟悉的，且又能真切地反映市民们的思想感情、理想与追求，因此在当时最受欢迎。

在艺术技巧方面，小说家也有超越其他家的优点。《都城纪胜》曾指出，讲史书的"最畏小说人，盖小说者，能以一朝一代故事，顷刻间提破"。

"顷刻间提破"也就是说当场把结局点破，一次性把故事讲完。

《梦粱录》里指出小说具有"捏合"的特点，所

瓦舍勾栏　瓦舍也叫瓦子、瓦市。瓦舍里设置的演出场所称勾栏，也称钩栏、勾阑，勾栏的原意为曲折的栏杆，在宋元时期专指集市瓦舍里设置的演出棚。宋代瓦舍的规模很大，大的瓦舍有十几座勾栏。

■ 唐代僧人"俗讲"

■ 宋杂剧演出图

小说源流

小说历史与艺术特色

底本 古籍整理工作专用的术语。影印古籍时，选定某个本子来影印，这个本子就叫影印所用的底本。校勘古籍时要选用一个本子为主，再用种种方法对这个为主的本子作校勘，这个为主的本子也就叫校勘所用的底本。标点古籍时也要选用一个本子在上面施加标点，这个本子也可叫标点使用的底本。

谓"捏合"，一是指小说可以把当时的社会新闻同说话的内容融合在一起；二是指虚构编造。

随着说话技艺的日趋繁盛发达，说话艺人渐渐有了自己的职业性的行会组织，如杭州的小说家就成立了自己的行会组织，组织称"雄辩社"。

在行会组织里，说话艺人可以自由地切磋技艺，交流经验，传递信息，以改进和提高自己的演说水平。这样的行会组织，可以从整体上提高宋代说话的水平。

除了说书艺人的行会组织外，当时，还出现了专门编写话本和戏剧脚本的文人组织"书会"。书会的成员都是一些富有才情、文学功底较深的落魄文人，他们在当时被尊称为"书会才人"。

正是这些"书会才人"将原来简略粗陋的单纯的说话底本"改编"为可供阅读的书面文学作品。

宋代"说话"艺术兴盛繁荣，宋末元初小说家罗烨在《醉翁谈录》的记载：

小说纷纷皆有之，须凭实学是根基。
开天辟地通经史，博古明今历传奇。
蕴藏满怀风与雨，吐谈一卷曲和诗。

辩论妖怪精灵话，分别神仙达士机。

涉案枪刀并铁骑，闺情云雨共偷期。

世间多少无穷事，历历总头说细微。

在这里，罗烨从说话的题材内容，到它的艺术特色，都做了一个完整的总结。

虽然，"说话"还不能算是小说，但宋元的市人小说与"说话"却有着直接的、密不可分的关系。"说话"人讲故事的底本叫"话本"，是我国古代白话小说的开端。

这时的白话短篇小说，就是在"说话"底本的基础上经过加工、润色而文学化了的作品，所以"说话"对宋元白话短篇小说的繁荣起到了巨大的作用，是我国古代小说史上的重要一笔。

阅读链接

"说话四家"指的是"小说""讲史""说经"和"合生"四种曲艺表演形式。小说家是"说话四家"中艺术技巧最成熟、最兴盛的一家，小说家的话本通常称"小说"，都是讲说短篇故事，一次或数次讲完。题材除历史故事、神话传说外，大多取材于当代社会生活，与现实联系比较密切。

讲史家话本通常称"平话"，讲史以讲说前代史书文传，朝代更迭，历史战争为主，题材广泛，内容丰富，一般篇幅较长。为了讲述方便，讲史大多根据故事内容的需要进行分卷立目，以示情节发展的段落，后来逐渐演变成章回小说的回目。

"说经"主要讲说佛教经典和人物故事，也包括民间关于参禅悟道题材。合生家是"说话四家"中势力最小的一家，大概以讲说当世故事为主，篇幅较短，一般一篇只讲说一个故事。

小说话本结构和题材内容

■《喻世明言》插画

　　"说话"艺人所用的底本，统称"话本"。话本的创作过程一般有两种情况：

　　一种情况是先有流传的故事，其后整理成话本，说话艺人依据自己所掌握的知识和技巧，仔细揣摩听众的心理，将原来口头流传的故事重新加工，创作成为动人的说话节目，以后又加以整理而成。

　　另一种情况是为适应说话艺人的说讲需要，由当时的"书会"专门为说话艺人编写的话本，利用当时的新闻、历史故事、民间传说等题材写成的故事梗概，表演时由说话人在此基础上进行想象发挥。

话本的创作都是为了说话人表演或传授之用，实用目的很强。后来随着说话艺术的发展和人们对文化娱乐的需要，以及印刷技术的进步，话本经过进一步的加工润色，逐渐演化成书面的通俗文学。

宋元小说话本结构一般由4个部分组成，即题目、入话、正话和篇尾。

■ 古代小说话本图

题目是根据正话的故事来确定的，是故事内容的主要标记。

入话，也叫"得胜头回""笑耍头回"，就是在正文之前，先写几首与正文意思相关的诗词或几个小故事，把它作为开篇，以引入正话。"入话"具有让听众静下来、启发听众和聚集听众的作用。

正话，即故事的正文，是小说话本的主要部分。正话在叙述故事时，也不时穿插一些诗词，用来写景、状物，或描写人物的肖像、服饰，它具有渲染气氛、增强效果的作用。

篇尾就是故事的结尾，小说话本一般都有篇尾，篇尾往往用四句或八句诗句为全篇作结，有时也有用词或整齐的韵语作结的。篇尾一般具有相对的独立性，一般是由说话人或者作者出场，总结全篇主旨，

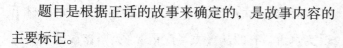

民间传说 我国民间口头叙事文学。通常由与历史事件、历史人物及地方风物有关的故事组成。广义的民间传说又俗称"口碑"，是一切以口头方式讲述生活中各种各样事件的散文叙事作品的统称。狭义的民间传说是指民众口头创作和传播的描述特定历史人物或历史事件、解释某种地方风物或习俗的传奇性散文体叙事。

敲碎危盆不再鼓伊
是何人我是谁

■《警世通言》插画

《太平广记》
宋代人编的一部
大书。全书500
卷，目录10卷，
取材于汉代至宋
初的野史小说及
释藏、道经等和
以小说家为主的
杂著，属于类
书。宋代李昉、
扈蒙、李穆、徐
铉、赵邻几、王
克贞、宋白、吕
文仲等12人奉宋
太宗之命编纂。
因成书于宋太平
兴国年间，和《太
平御览》同时
编纂，所以叫作
《太平广记》。

066

或对听众加以劝诫，或对人物、事件进行评论。

小说话本4个部分结构的形成和定型，是"说话"艺术长期发展的结果，标志着小说话本的成熟。

宋元小说话本数量多，据《醉翁谈录》《也是园书目》《宝文堂书目》等记载，约有140多种，主要保存在明代的《清平山堂话本》《京本通俗小说》《熊龙峰四种小说》和《喻世明言》《警世通言》《醒世恒言》等书中。

宋元小说话本题材广泛，内容丰富，有的取材于现实生活，有的从《太平广记》《夷坚志》等书中选取题材，并结合当时的社会生活，融入作者自己丰富的生活经验，加工创造成富有时代气息的小说。

宋元小说话本主要包括了爱情婚姻、诉讼案件、历史故事、英雄传奇、神仙鬼怪等方面的内容。总体来看，描写爱情婚姻和诉讼案件的话本写得最好，数量也最多，代表了宋元小说话本的最高成就。

讲述爱情婚姻故事的话本写得较好的有《碾玉观音》《闹樊楼多情周胜仙》《快嘴李翠莲记》《志诚张主管》等。

《碾玉观音》写一个发生在咸安王府中的女奴璩秀秀与工匠崔宁的婚姻悲剧故事。作品赞颂了女奴秀秀为争取人身的自由，争取独立自主的婚姻而顽强斗争的精神，具有较深刻较积极的思想意义。

《闹樊楼多情周胜仙》写的是青年女子对自由爱情、自主婚姻执着追求的故事。表现了青年人反抗压迫、热烈追求婚姻幸福的主动精神。

《快嘴李翠莲记》写勤劳能干、聪明美丽的青年女子李翠莲，对来自各方面的压迫，以眼还眼，以牙还牙，毫不退让，勇于反抗传统礼教的故事。

这些作品成功地塑造了一系列富有反抗精神的女性形象，她们的出现，表明宋元小说话本的主角不再是神仙鬼怪，也不再是名士才子，而扩大为普通百姓。

公案小说 我国古典小说的一种，由宋代话本公案类演义而成，大多以描写各种各样的案情以及破案为主。公案小说盛行于明清，最著名的具有代表性的公案小说是清代的《三侠五义》。先秦两汉法律文献中的案例与史书中的清官循吏的传记，是公案小说的先导。

讲述诉讼案件故事的公案小说，涉及社会生活面极为广阔，直接反映了复杂的社会状况，揭露了社会深层次矛盾，同时也热情赞颂了正直豪爽的侠客好汉，代表作品有《错斩崔宁》《简帖和尚》《宋四公大闹禁魂张》等。

■《警世通言》插画

《错斩崔宁》写的是一对青年男女因十五贯钱而引起的谋杀冤案，反映了官府听信戏言，不重调查，滥杀无辜，草菅人命。

讲述历史故事的作品写得较好的有《张子房慕道记》《老冯唐直谏汉文帝》

《汉李广世号飞将军》等，这些故事多表现英雄贤士的怀才不遇和为官者的贪婪昏庸等。

以英雄传奇故事为题材写得较好的有《史弘肇龙虎君臣会》《郑节使立功神臂弓》等，这些作品多描写英雄人物的传奇经历。

小说话本中还有一些宣扬因果报应和佛教戒律的作品，如《菩萨蛮》《五戒禅师私红莲记》《花灯轿莲女成佛记》等。

这些作品的出现，有其深刻的社会时代的原因，也反映了小说话本在思想内容上的复杂性。

阅读链接

话本一般又可分为两类：一类是说话四家中讲史的底本为讲史话本。自元代开始叫作"平话"。"平话"讲述长篇历史故事，取材于历史，后来发展为章回体的长篇小说；另一类就是篇幅短小的小说话本，常常被称为小说，又称为"短书"。它对我国古代白话短篇小说的发展，有着直接而深远的影响。

明清的白话小说主要就是在宋元话本的基础上发展起来的，如《水浒传》《三国演义》《西游记》都是宋元话本继续发展的产物。

宋元话本大体上可以分为繁本和简本两种类型。繁本是语录式的或经修订加工的底本，语言通俗流畅，接近口语。简本是提纲式的资料，只记下一些故事梗概，往往是从传奇文和笔记小说中摘录下来的。如《清平山堂话本》中的《蓝桥记》就是裴铏《传奇》中《裴航》故事的节要。

现存宋元话本，无论小说还是平话，多数是简本。有些明代所刻选本所收的小说，似经过后人的加工整理，在艺术上比较完整。

小说话本独具的艺术魅力

宋元小说话本是由"说话"这一民间技艺演化而来，因此与普通百姓的生活距离很近，可以说息息相通，再加上小说话本的作者又大多与普通百姓声息相通，这种特点反映在小说话本人物形象、情节结构以及语言风格等方面，就形成了自己风格独具的特色。

《醉翁谈录》曾评价宋元小说话本：一家富有生活气息，又能腾挪想象，谈论古今，如水之流，而且能"使席上风生，不枉教坐间星拱"。

元杂剧壁画

■ 宋代女孝经图卷

市井　含有"街
市、市场"之
意。它所产生的
市井文化是一种
生活化、自然
化、无序化的自
然文化，是指产
生于街区小巷、
带有商业倾向、
通俗浅近、充满
变幻而杂乱无章
的一种市民文
化，它反映了市
民真实的日常生
活和心态。

宋元小说话本塑造了一系列栩栩如生、富有时代气息和鲜明个性特征的人物形象。如《碾玉观音》中的璩秀秀；《闹樊楼多情周胜仙》中的周胜仙；《志诚张主管》中的小夫人；《快嘴李翠莲记》中的李翠莲；等等，这些都是塑造得很成功的人物形象，具有鲜明的人物特征。

作者们在塑造这些人物形象时，能够注意结合人物的社会环境和个人经历来刻画人物的性格。

比如，《碾玉观音》中的璩秀秀，她不顾一切地追求爱情和婚姻的自由，并且为此还丢掉了自己的性命。她出身市井，性格大胆泼辣，直爽、坦率，讲求实际。

作品还通过人物的内心活动和人物的言行等的细致刻画来表现人物的性格。如《错斩崔宁》写刘贵醉后戏言，说已将陈二姐典卖他人，陈二姐的内心想的只是：

不知他卖我与甚色人家？我须先去爹娘家说知。就是他明日有人来要我，寻到我家，也须有个下落。

陈二姐的内心活动，实际上极为真切地揭示了她逆来顺受、任人支配和细心善良的性格特征。

小说话本还善于用夸张的手法，来突出人物的性格特征。如《宋四公大闹禁魂张》，作者就是用夸张的手法，来刻画宋四公、赵正等的侠盗性格。作者写他们神出鬼没，武艺非凡，以致闹得东京城草木皆兵，王爷大尹们魂飞魄散，这样就突出了侠盗们的勇敢和机智。

对于一些反面人物，作者也常用夸张的手法来刻画他们的性格特性。如《碾玉观音》中咸安郡王的凶狠残暴；《万秀娘仇报山亭儿》中万员外的吝啬刻薄，都是通过夸张的描述，而给人留下了深刻的印象。

小说话本的作者们有时还通过富有戏剧性的对话，表现人物性格的特征。《碾玉观音》中秀秀、崔宁逃出王府后的一段对话，就是一个很好的例子。

秀秀道："你记得当时在月台上赏月，把我许你，你兀自拜谢。你记得也不记得？"崔宁叉着手，只应得喏。秀秀道："当日众人都替你喝彩：'好对夫妻！'你怎地到忘了？"崔宁又则应得喏。秀秀道："比

小说《水浒传》人物插图

■ 小说《水浒传》
人物

似只管等待，何不今夜我和你先做夫妻，不知你意下何如？"崔宁道："岂敢！"秀秀道："你知道不敢，我叫将起来，教坏了你。你却如何将我到家中？我明日府里去说！"崔宁道："告小娘子：要和崔宁做夫妻不妨；只一件，这里住不得了。要好趁这个遗漏，人乱时，今夜就走开去，方才使得。"秀秀道："我既和你做夫妻，凭你行。"

在这段对话中，秀秀追求爱情时所表现的主动、泼辣的性格和崔宁的憨厚、怯懦的个性都鲜明地呈现出来。这些不同性格特征又是和他们各自不同的身份、经历相吻合的。

宋元话本故事性强，情节波澜起伏，悬念频生，引人入胜。"话"是讲给人听的，所以它必须达到"竦动听闻"的效果，所以，它一方面要讲述现实生活中的新鲜事，面向现实生活，带着浓郁的生活气息。另一方面，它要以情节的紧张曲折吸引人，吸引人听下去。

小说话本十分注重故事情节的安排，讲究结构完整，线索清楚，剪裁得当。一般说来，小说话本在展叙故事时，都有开端的概括介绍，都有故事情节的发展、高潮和结局，并随时注意情节发展的前后照应，同时也善于使用伏笔，制造悬念，增加情节的曲折

小说源流

小说历史与艺术特色

伏笔 文学创作中叙事的一种手法，指作者对将要在作品中出现的人物或事件，预作提示或暗示。伏笔的好处是交代含蓄，使文章结构严密、紧凑，读者读到下文内容时，不至于产生突兀怀疑之感。有助于全文达到结构严谨、情节发展合理的效果。

性，以取得引人入胜的艺术效果。

如《简帖和尚》的作者以巧妙的布局，一步步写出女主人公杨氏受诬陷、遭休弃、被迫嫁人的经过，达到引人入胜的效果。

小说话本在情节安排上还十分讲究"巧合"，并且通过偶然性的巧合，来加强故事情节的曲折性。当然这种巧合也绝不是荒诞离奇。作品中的"巧"，来源于生活，又经过作者的着意提炼，因此能反映生活的真实，体现客观的规律。

宋元小说话本描写真实、细腻，入情入理。《错斩崔宁》中，陈二姐听了丈夫刘贵的戏言，信以为真，便想"先去爹娘家说知，就是他明日有人来要我，寻到我家，也须有个下落"。

在过去，丈夫要卖小妾，是合法的，做妾的是不能反抗的，这种情况符合当时的实际情况。同时，陈二姐只想让爹娘知道这事，这也是非常符合常理的。

小说话本的语言通俗、生动、明快。宋元说话艺人熟练地运用当时的口语，并加工提炼成一种文学语言，它具有生动活泼、简洁明快、通俗易懂的特点。

如《宋四公大闹禁魂张》中，说张员外有"四大愿望"：一愿衣裳不破，二愿吃食不消，三愿拾得物事，四愿夜梦鬼交。此外，张员外还有这样的毛病：要去那虱子的背上抽筋，鹭鸶的腿上割肉，古佛的脸上剥金，黑豆的皮上刮漆，痰唾留着

■ 小说《水浒传》插图

小说《水浒传》插图

点灯，将松浆来炒菜。

　　作者通过夸张的手法，生动地刻画了一个吝啬鬼的形象。这种白话小说的语言，世俗生活气息非常浓郁，表现力极强，易于为听众接受。

　　小说话本还大量运用了概括力极强的俗语、谚语。这些语言充满泥土气息，凝聚着劳动人民的智慧，具有极强的生命力，例如，说求人的难处："将身投虎易，开口告人难。"说金钱万能："火到猪头烂，钱到公事办。"

　　这些带有特别涵义的俗语、谚语，具有一针见血、言简意赅的作用，既节省了文字，适合短篇小说短小精悍的要求，又能给听众以鲜明深刻的印象和生活经验的启示，真是言简意丰。

阅读链接

　　宋元话本在我国小说史上有着承前启后的重要作用，其在许多方面，均比唐朝的唐传奇文言小说有新的突破。但是，话本小说和唐传奇小说在发展和继承方面也有着千丝万缕的瓜葛。

　　据说，宋元有很多话本小说均改编于唐代传奇小说，但是大多数已经散佚。现存的比较完整的由唐传奇小说改编而来的宋元话本小说还有12篇，分别保存在《清平山堂话本》《熊龙峰四种小说》《小说传奇合刊》和明朝冯梦龙"三言"《喻世明言》《警世通言》《醒世恒言》之中。

　　根据小说情节，这些宋元话本大致属于情爱、神怪、传奇这三类的。之所以出现这三类小说话本，是因为与当时的社会环境背景紧密关联的。

文言小说形成的新特点

宋元时期，虽然白话短篇小说兴起和兴盛起来，但传统文言小说也并未因此而停滞，与前代文言小说相比，体现出自己的新特点。

宋元时期，文言小说呈现出多样性。不仅有继承唐传奇衣钵的传奇小说，笔记体、志人志怪小说也得以继续和发展，同时又有杂记体小说的存在，更有大型文言小说集的出现，可谓纷繁芜杂，体类多样。

宋元传奇小说的总体风

■ 隋炀帝杨广像

■ 宋代古书籍

格，与唐传奇小说的典丽雅致相比，显得逊色许多，受时代背景和白话小说的影响，宋传奇小说整体呈现俗文化特征。

宋传奇小说写得较好的主要有两类作品。一类是侧重写帝王后妃的事迹，这类作品劝诫讽刺意味浓厚，具有一定的历史价值。

小说历史与艺术特色

主要是以隋炀帝和唐玄宗这两个帝王为描写对象，写隋炀帝的有《隋遗录》《隋炀帝海山记》《迷楼记》《开河记》等。

这些作品大多是记述隋炀帝开运河、游江都、造迷楼、修西苑的事，揭露了隋炀帝奢侈糜烂的生活，反映了劳动人民遭受的苦难。

写唐玄宗的传奇有《杨太真外传》《骊山记》《温泉记》《梅妃传》等，这些作品或写唐玄宗与杨贵妃豪华奢侈的宫廷生活，或者写杨贵妃与梅妃之间的矛盾纠葛，等等。

总体上看，这类作品成就不高，多数只是一般的客观叙述，内容庞杂，结构松散，缺乏组织剪裁，缺乏唐传奇小说的典丽雅致。

宋传奇小说另一类作品取材现实，主要描写男女恋情和风尘女子的生活。代表作品有《流红记》《王幼女传》《谭意哥传》《李师师传》等。

宋传奇小说在创作上缺乏创造性，一味模拟唐传奇小说。唐传奇小说面对现实，取材于生活，而宋传奇小说则多数回避现实，主要取材于历史。唐传奇小说注意谋篇布局，提炼加工，而宋传奇小说则显得芜杂，作品冗长不精炼。

除了传奇小说，宋元时期还出现了许多笔记体小说。笔记体小说代表了我国古代小说的初始形态。它的发展也贯穿了古代小说的始末，对其他后起的各类小说体都具有一定的影响。

"笔"最初指的是书写绘图的工具，后有了书写记录的意思；六朝时，论文者将"笔"与"文"并称，"笔"又有了散文的意思；"记"，是记载的意思。如此，"笔记"联用，就是使用散语记录的意思。

笔记体小说具有小说性质，介于随笔和小说之间。笔记体小说多以人物趣闻逸事、民间故事传说为题材，具有写人粗疏、叙事简约、篇幅短小、形式灵活、不拘一格的特点。南朝刘义庆的《世说新语》是最早的笔记体小说。宋元的笔记小说大多直录事实，缺少藻饰。

宋元时期出现了一些模仿刘义庆《世说新语》的作品，被后世称为"世说体"小说。

"世说体"小说具备三个特征：一是体例上"分门隶属事，以类相从"，这是"世说体"小说最根本的特征；二是内容上"依人而述，品第褒

笔记 我国古代的一种写作体裁，一卷书没有固定主题，一段写天文，下一段可以是写其他的东西，是一种作者个人的"随笔"或"杂记"性质的文学体裁。笔记体的著作在我国古典典籍中为数众多。笔记体著作起源于唐代，在宋代达到了繁荣。

077

深入演化

宋元小说

■ 宋代人物画

贬"，以描写士大夫阶层的理想、思想和审美情趣为重点，对人物进行品评，暗藏褒贬；三是在叙事方法上，篇幅短小，用简短的语言记录士人的逸闻趣事，具有清通简谈、空灵玄远的文体风格。

此外，宋元时期，还出现了杂记体小说。杂记体小说是介于史记与小说之间的小说。尽管在创作过程中，创作者们尽量地符合历史真相，但仍难免失实，因此为历史学家所不取，而归类于杂记体小说了。

宋元的文言小说虽成就有限，但在整理方面却取得了巨大成就，如始于977年，由李昉等监修的大型类书《太平广记》，收录了汉代至宋初的野史、传记、小说约400种，贡献巨大。

宋元的文言小说同当时的白话小说一样逐渐通俗化，其中宋元的传奇小说就是一个典型代表。宋元的文言小说不断从白话小说中汲取营养，不断消化并归为己用，不断探索和创新，开辟了新的道路，为文言小说在后世能登峰造极奠定了坚实的基础。

阅读链接

宋代传奇小说虽然没有出现像唐传奇小说那样的优秀之作，但就题材的广泛，反映社会生活的真实、全面而言，则远远超过了唐传奇。宋代传奇的作者塑造了众多的女性形象，且为她们打上了明显的时代烙印。宋代传奇中的女性形象大体上有三大类型。

第一类是历史上的后妃、名姬，其中描写杨贵妃的内容最多。此外，还有对汉成帝的皇后赵飞燕和她的妹妹赵合德，作者也着墨颇多，特别是对赵合德的形象塑造得很成功。

第二类是虚幻世界中的异类，包括女妖、女仙、女鬼等。这类题材在宋代传奇中所占的比重很大。

第三类是现实生活中的各色女子。这类作品数量也很多，涉及的人物众多，包含各阶层的人物，题材广泛，时代色彩特别鲜明。

进入明代，小说出现了空前繁荣的局面。从明代开始。小说这种文学形式才充分显示出它的社会作用和文学价值，打破了正统诗文的垄断地位。在文学史上，取得了与唐诗、宋词、元曲相并论的地位。

明代小说是在宋元时期的说话艺术的基础上发展起来的。明代文人创作的白话短篇小说称"拟话本"，就是直接模拟学习宋元话本的产物；长篇小说如《三国演义》《水浒传》《西游记》等，亦多由宋元说话中的讲史、说经演化发展而来。

明嘉靖以后，文人独立创作的反映现实的长篇小说如《金瓶梅》，也借助了讲唱文学的写作经验。

独立成体

明代小说

明代小说的兴起与发展

　　进入明代，明太祖朱元璋在建立政权以后，吸取了元统治者覆亡的历史教训，在明初采取了恢复发展生产、使人民休养生息的方针，社会出现了经济繁荣和社会安定的局面。

■《西厢记》壁画

■ 《西厢记》木雕

　　明中期以后，工商业得到进一步的发展，城市扩大，市民阶层日益壮大，他们的生活和思想要求在文学中得到反映，明文人在宋元时期说话艺术继承之上创作出来的通俗小说，逐渐受到他们的欢迎而得到发展的机会。

　　明代文学家叶盛《水东日记》卷二十一说：

　　　　今书坊相传，射利之徒，伪为小说杂事，农工商贩抄写绘画，家畜而人有之，痴文妇，尤所酷好。

　　叶盛的这个记载反映了明朝小说的读者群主要来自市民阶层。

　　宋元以来的通俗小说赢得了人们的普遍欢迎，这

通俗小说 小说的一大题材类型，是满足社会上最广泛的读者群需要，适应大众的兴趣爱好、阅读能力和接受心理而创作的一类小说。通俗小说以娱乐价值和消遣性为创作目的，重视情节编排的曲折离奇和引人入胜，人物形象的传奇性和超凡脱俗，而较少着力于深层社会思想意义和审美价值的挖掘。

■《三国演义》插图

《论语》是儒家的经典著作之一，由孔子的弟子及其再传弟子编撰而成。它以语录体和对话文体为主，记录了孔子及其弟子言行，集中体现了孔子的政治主张、伦理思想、道德观念及教育原则等。《论语》成书于战国初期，全书一共20卷，11705个汉字，可谓汉语文章的典范。

一现象受到明中叶以后一些具有进步思想的文人的关注和重视，他们在理论上给予明通俗小说高度的评价，阐明其社会的和文学的价值，为小说争得了文学地位。

明代理学家李贽将《西厢记》《水浒传》与秦汉的散文、六朝诗词相提并论，同称为"古今至文"；文学家袁宏道称《水浒传》和《金瓶梅》为"逸曲"。还有的学者指出宋元以来的话本小说要比儒家的经典《孝经》和《论语》具有更强烈的感人力量。

另外，明代印刷术的进步，刻书业的发展，也为小说创作的刊行流布创造了良好的条件，从而促进小说创作的繁荣。

明中期至晚期，小说呈现出一派欣欣向荣的新气象。这个时期，商品经济日益繁荣，文学思潮进一步活跃，市井细民、商贾、女性受到更为广泛的关注，很多文人将他们列入了自己的创作王国中。

在众多文人的相互应和与推波助澜下，明中期至晚期，终于酝酿出一个追求个性解放和浪漫精神的思想大解放运动和文学思潮，这给小说创作输入了新的血液，使其走向了更为广阔的空间，明代小说由此焕发生机，蓬勃发展。

总体来看，明代小说是自宋元以来，在文言和白话初步分流的基础之上形成的宏大的分湍瀑流之势，其支干交错复杂，令人难以把握。

明代小说，若按篇幅来看，有长篇小说，有短篇小说，此外，还有中篇小说；若就语体而言，有文言小说，有白话小说，又兼有文白交杂的小说。如若将其合在一起，又有长篇白话、文言短篇、白话短篇等篇幅主体各异的小说，非常复杂。

明代小说，如按题材和流派来进行分类，可有历史演义、英雄传奇、幻化神魔、人物传记、状丑描

刻书 用雕版印刷术印制的书籍的通称。在印刷技术上有写刻、朱墨印、几色套印之别。我国古代出版的书籍大都是刻书。其中由官府刻印的书称"官刻本"，由私家刻印的书称"家刻本"或"家塾本"，由书商刻印的书称"坊刻本"。

■《三国演义》插图

描摹 是指透过覆在原件上的透明纸按照看得见的线条进行描绘。在文学上指用语言文字表现人或事物的形象、情状、特性等。描摹是一种语言表达技巧，它的美学价值在于形象与生动。它能把静的变动，抽象变具体，无形变有形。

俗、爱情故事、宫闱秘史、猥亵实录8类。其中，历史演义、英雄传奇、幻化神魔、人物传记这几类题材小说得到了快速的发展。

历史演义类以某一特定历史时期重大事件的开始和结束为小说始末，较为真实地反映历史，纪实性强，凡事件、时间、人物无不遵照历史，又加以渲染，最后成为几乎真实的历史故事。代表小说为《三国演义》。

英雄传奇类以英雄、豪侠为主人公，加以想象和虚构，描写他们惊天动地的壮举伟业，歌颂英雄的英勇行为和高尚品质。艺术上精雕细琢，人物形象传神真切，颇具生活气息。代表作品有《水浒传》。

幻化神魔类，虽仍以鬼神精怪为主角，但情节

■《三国演义》故事插图

更加神奇，人物更加饱满，在佛与道共同构成的神仙体系里，幻化无穷，讲述一定的哲理。代表作品有《西游记》。

人物传记类的主人公也和英雄传奇类一样，是以单个人物为中心展开故事的，但所描写人物不只是英雄豪侠，而是一切有着人类优秀品质、值得赞颂的人。

状丑描俗类以平凡琐杂的家庭生活为中心，借助白描来描摹当时的颓风陋俗、丑行败德，展开了一幅宽广的世俗生活画卷。代表作有《金瓶梅》。

爱情故事类小说多为文白交杂的中篇小说，情节单纯，只描写男女的爱恨纠葛，与前代此类小说相较，艺术成就方面突破不大。

宫闱秘史类小说以写宫闱内幕为主，反映宫墙之内的各色人物相互倾轧、争权夺势的传说逸事以及他们的腐朽生活。

猥亵实录类小说热衷于描写男女间的污秽情事，人物形象苍白，格调低下，艺术拙劣，不值得关注。

阅读链接

以成书于元末明初的《三国演义》《水浒传》和成书于嘉靖年间的《西游记》为代表，标志着我国古典长篇小说由宋元时代初具规模的讲史和说经话本，发展到了成熟的阶段。

这三部作品的共同特点，是在长期民间传说和民间艺人创作的基础上，由文人作家加工写定，是集体创造的成果。它们都继承了话本的思想艺术传统而又有巨大的突破。

短篇小说方面，明代的短篇小说是从小说话本发展而来，这个时期瞿佑的《剪灯新话》、李祯的《剪灯馀话》等文言小说，专事模仿唐宋传奇，有所成就。

从嘉靖以后至明末，出现了长篇小说和短篇小说创作空前繁荣的局面。长篇小说以世俗小说《金瓶梅》为代表。短篇小说以"三言二拍"为代表。

历史演义小说兴起与繁荣

罗贯中塑像

宋元时代，"说话"艺术兴盛，在"说话"四家中，最为发达的是"小说"和"讲史"两家。其中"讲史"是以历史事实为依据，吸收民间传说，讲述历代兴废以及战争等事。

在"讲史"的基础上发展起来的"讲史"话本篇幅较长，通常分节叙述。每节有一个题目，这种形式渐渐发展成章回小说。

章回小说分章回叙述，原来话本的每节，改为章回小说的每章回，章回小说成为我国古代长篇小说的主要形式，其段落整齐，首尾完整。

在章回小说中，历史演义类小说特别发达。这类小说通常是以史实和传说相结合的形式，叙写某一特定

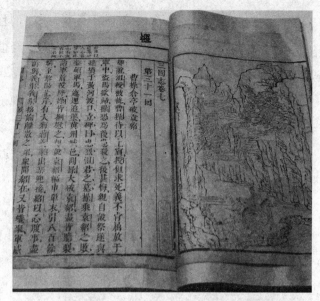

历史时期的重大社会政治矛盾与风云人物，最早也是最有影响的历史演义小说是《三国演义》。

■《三国志》书影

在"讲史"话本中，有一个话本叫《三国志平话》。《三国志平话》分上中下三卷，已经初具《三国演义》的规模，具有很高的历史和文学价值。

实际上，三国的故事早在民间广泛流行，宋代时，民间说书中有"三分"的专门科目和专业艺人。宋代词人苏轼在《志林》记载：

> 王彭尝云：涂巷中小儿薄劣，其家所厌苦，辄与钱，令聚坐听说古话。至说三国事，闻刘玄德败，颦蹙，有出涕者；闻曹操败，即喜唱快。

这个记载说明当时说三国故事有着很好的艺术效

平话 话本体裁之一，与诗话、词话相对而言，平话是只说不唱的平铺直叙的话本。平话的题材主要是历史故事。宋元平话多为长篇。明清人多将平话写作"评话"，也有把短篇话本称作"评话"的。

■《三国志》书影

果，而且"拥刘反曹"的倾向已经很鲜明。

在戏曲舞台上，金元时期出现了大量的三国戏。元代文学家陶宗仪《南村辍耕录》记载的金院本有《赤壁鏖兵》《刺董卓》《襄阳会》等剧目。南戏戏文中有《周小郎月夜戏小乔》《貂蝉女》等剧目。

根据《录鬼簿》《太和正音谱》等记载，可知元杂剧中大约有60种三国戏。这些剧本或取材于史书或取材于《三国志平话》，经过戏曲家的再创作，使人物形象更加鲜明，故事情节更为生动。

元代末年，史学家罗贯中以《三国志平话》为框架，充分利用陈寿的《三国志》和司马光的《资治通鉴》以及其他史料，广泛吸收民间传说中生动的故事情节，淘汰民间故事中荒诞不经的地方，完成了《三国志通俗演义》一书。

《三国志通俗演义》简称《三国演义》，《三国演义》"言不甚深，文不甚俗"，既不像历史著作那样深奥难懂，又不像"讲史"那样"言辞鄙谬"，具有极高的历史价值和文学价值。

《三国演义》描写了184年至280年，共97年的

088

小说源流

小说历史与艺术特色

戏曲 我国传统的戏剧，是包含文学、音乐、舞蹈、美术、武术、杂技以及表演艺术各种因素综合而成的一门传统艺术。戏曲剧种众多，剧目更是不计其数，其中京剧、豫剧、越剧是戏曲中流传最广，影响最广泛的剧种，被称为戏曲"三鼎甲"。

历史。全书120回，可分为三大部分。第一部分从第一回至三十三回，主要写汉末的动乱和群雄并峙，曹操军阀的崛起和壮大。第二部分从三十四回至八十五回，写刘备集团的崛起和壮大，三国鼎立，互相争雄的局面。第三部分从八十六回至一百二十回，写三国的衰落，最终为司马炎所统一，建立西晋王朝。

《三国演义》是我国第一部长篇章回体历史演义的小说，是我国历史小说创作的楷模。小说成功地塑造了众多的人物形象。全书共写了1798人，其中主要人物塑造得性格鲜明、形象生动。作者描写人物，善于抓住基本特征，突出某个方面，加以夸张，并用对比、衬托的方法，使人物个性鲜明生动。

作者长于描述战争。全书共写大小战争40多次，展现了一幕幕惊心动魄的战争场面。其中尤以官渡之战、赤壁之战、夷陵之战最为出色。

对于决定三国兴亡的几次关键性的大战役，作者总是着力描写，并以人物为中心，写出战争的各个方面，如双方的战略战术、地位转化等，写得丰富多彩，千变万化，各具特色，充分体现了战争的复杂性和多样性。

《三国志》 记载三国时代历史的断代史，作者是西晋文学家陈寿。《三国志》最早以《魏志》《蜀志》《吴志》三书单独流传，直到1003年三书合为一书。《三国志》全书一共65卷，其中《魏书》30卷，《蜀书》15卷，《吴书》20卷。

■《三国演义》插图

东周　公元前770年，周平王迁都河南洛阳的东都，至公元前256年周郝王离世，这段时期史称东周。东周是我国历史上重大变革的时代。这段期间，各诸侯国相继进行政治变革，促进了经济的发展和科技文化的极大繁荣。

《三国演义》的结构既宏伟壮阔而又严密精巧。作品涉及的时间长达百年，人物多至数千，事件错综，头绪纷繁。

作者构思宏伟而严密。他以蜀汉为中心，以三国的矛盾斗争为主线，来组织全书的故事情节，既写得曲折多变，而又前后连贯；既有主有从，而又主从密切配合。

作品的语言精练畅达，明白如话，可以说雅俗共赏。和过去一些小说粗糙芜杂的语言相比，是一个明显的进步。

《三国演义》的成就是多方面的，既有史料方面的，又有文学方面的；既有艺术方面的，也有思想方面的，它对后世小说特别是历史演义小说的影响是巨大而深远的。

继《三国演义》之后，明代中叶余邵鱼编著成《列国志传》一书也属于历史演义小说。《列国志

■ 《三国演义》情节插图

传》共8卷226则，它以时间为经，以国别为纬，叙述了武王伐纣至秦朝统一长达800年的历史。

明末文学家冯梦龙在《列国志传》的基础上，将其改编成《新列国志》。《新列国志》集中写春秋、战国时代，成为东周列国的历史演义。《新列国志》删掉了一些与史实不符的情节，使之更符合史实。

除了这些历史演义小说，明代还有其他一些历史演义小说，如《全汉志传》《南北宋志传》《隋唐两朝志传》《唐书志传通俗演义》等，这些历史演义小说各有其艺术风格和特色，但总体上看，远没有《三国演义》的艺术成就和影响大。

《三国演义》古书

独立成体

明代小说

阅读链接

《三国演义》的作者罗贯中生于元末明初，相传，罗贯中14岁时，母亲病故，于是辍学随父亲去苏州、杭州一带做生意。元朝末年，罗贯中在苏州结识文学家施耐庵，遂拜施耐庵为师。

罗贯中是位有多方面艺术才能的作家，一生著作颇丰，主要作品有：剧本《赵太祖龙虎风云会》《忠正孝子连环谏》《三平章死哭蜚虎子》；小说《三国演义》《隋唐两朝志传》《残唐五代史演义》《三遂平妖传》《粉妆楼》《隋唐志传》等，其中《三国演义》的成就最大，影响最广泛。

英雄传奇小说兴起与繁荣

　　章回小说中有一类作品突出描写了各种英雄好汉，形成了一个独特的系列，与历史演义小说中的英雄相比，它们的虚构成分更多一点，这就是英雄传奇小说。

　　历史演义是从"说话"中的讲史发展而来的，而英雄传奇小说是

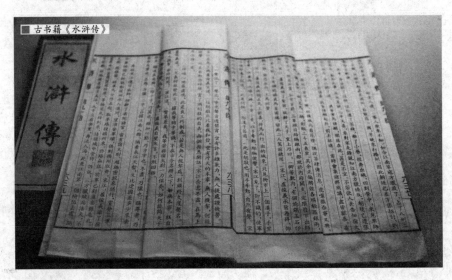

■ 古书籍《水浒传》

从"说话"中的"小说"发展而来的，虽然不能说全部的英雄传奇小说都来自"说话"中的"小说"，但至少有一大部分英雄传奇小说的源头是"说话"中的"小说"。

进入明代以后，英雄传奇小说日益繁盛。它们大多吸取民间的故事，多写一些草莽英雄，就是写帝王将相，也着重表现他们的英雄事迹。另外，它们也较多表现市井阶层人物的生活，生活气息浓郁。

■ 施耐庵塑像

《水浒传》是一部描写农民起义的章回体长篇小说，是用通俗的语言讲英雄的传奇，是明代成就最高、影响最大的英雄传奇小说。它诞生于元末明初。全书描写北宋末年以宋江为首的108个好汉在梁山泊起义，以及聚义之后接受招安、四处征战的故事。

早从南宋时起，宋江的故事即在北方和南方地区广泛流传，而且成为"说书"艺人喜爱的题材。

《醉翁谈录》记有小说篇目《青面兽》《花和尚》《武行者》，这是说的杨志、鲁智深、武松的故事。

此外，《石头孙立》一篇可能也是水浒故事。这是有关《水浒传》话本的最早记载。

宋末元初的《大宋宣和遗事》所记水浒故事，从

民间故事 是民间文学中的重要门类之一。民间故事就是劳动人民创作并传播的、具有虚构内容的散文形式的口头文学作品，是所有民间散文作品的通称。民间故事从生活本身出发，但又并不局限于实际情况以及人们认为真实的和合理范围之内。它们往往包含着自然的、异想天开的成分。

■ 《水浒传》人物
图竹简

杨志卖刀起，经智取生辰纲、宋江杀阎婆惜、九天玄女授天书，直到受招安平方腊止，顺序和《水浒传》基本一致。这时的水浒故事已由许多分散独立的单篇，发展为系统连贯的整体。

元代还出现了一批"水浒戏"，包括元明之际的作品在内，约有30多种。在宋元以来广泛流行的民间故事、话本、戏曲的基础上，元末明初，施耐庵等人编纂成英雄传奇小说《水浒传》。

《水浒传》形象地描绘了农民起义从发生、发展直至失败的全过程，深刻揭示了起义的社会根源，满腔热情地歌颂了起义英雄的反抗斗争和他们的社会理想，也具体揭示了起义失败的内在历史原因。

英雄传奇就是塑造传奇式的英雄，《水浒传》是英雄传奇小说的典范之作，它成功地塑造了神态各异的英雄群像，书中共出现数百之多的人物，每个人物都个性鲜明。明末清初文学家金圣叹曾评论道：

> 叙一百八人，人有其性情，人有其气
> 质，人有其形状，人有其声口。

作者在刻画人物上，往往在人物第一次出场时，首先通过肖像描写，展示人物独具的性格特征。如第三回提辖鲁达第一次出场时，通过史进的眼睛看见：他是个军官模样，"生得面圆耳大，鼻直口方，腮边一部络腮胡须，身长八尺，腰阔十围"。只几笔就揭示出鲁达这个粗莽正直的英雄性格。

《水浒传》注重场面和细节描写，众多曲折动人的情节，尖锐激烈的矛盾冲突，往往通过一个个场面展开、一个个细节描写、一步步地推向高潮。

《水浒传》的结构是纵横交错的复式结构。梁山起义的发生发展和失败的全过程纵贯全篇，其间连缀着一个一个相对独立自成整体的主要人物的故事。这些故事自身在结构上既纵横开阖，各具特色，又是整

提辖 古代官职，宋代时所置的武官，为"提辖兵甲盗贼公事"的简称，主管一个区域的军队训练，督捕盗贼等职务。南宋时有"四提辖"的官制，四者分别掌管榷货务都茶场、杂买务杂卖场、文思院、左藏库。

独立成体

明代小说

■《杨家将》插图

个水浒故事的有机组成部分。

《水浒传》的这种独具特色的结构，是民间艺人"说话"特色的具体表现。与之相辅相成的是《水浒传》的语言，《水浒传》的语言在群众口语基础上经过加工提炼，保存了群众口语的优点，具有洗练、明快、生动、色彩浓烈、造型力强的特色。

《水浒传》创造了英雄传奇小说的体式，对后代小说的创作产生了重大影响。《说唐演义全传》《杨家将》《说岳全传》等作品都是沿着它所开辟的创作道路发展的。另外，《水浒传》对其他艺术形式，如戏曲、曲艺、绘画等都有很大影响。

明代英雄传奇小说除了《水浒传》外，较有影响的还有《水浒传》的续书、《杨家将》系列小说等。《水浒传》的续书最主要的有3部，即《水浒后传》《后水浒传》和《结水浒传》。

《水浒传》的续书都不满意《水浒传》的结局，它们围绕着梁山泊英雄的结局各抒胸臆，续成新篇，体现了作者各不相同的思想感情。这三部续书在艺术上有所创新，不是粗制滥造之品。

《杨家将》是系统小说，包括《杨家府演义》《说呼全

曲艺 各种"说唱艺术"的统称，是由民间口头文学和歌唱艺术经过长期发展演变形成的一种独特的艺术形式。曲艺发展的历史源远流长，早在古代，我国民间的说故事、笑话，宫廷中的弹唱歌舞、滑稽表演，都含有曲艺的艺术因素。

■ 《水浒传》插图

■《杨家将》插图

传》《北宋志传》《五虎平西前传》《五虎平南后传》《万花楼杨包狄演义》等。因为这些小说都从杨家将故事派生出来，都以北宋时期的边境战争为题材，因此都可以看作是一个系统的小说。

《杨家将》系列中，《杨家府演义》反映的时间跨度最长，从宋太祖赵匡胤登基写起，直到宋神宗赵顼时止，有100多年的历史。作品歌颂了杨继业子孙五代为保卫边疆，前仆后继、英勇杀敌的爱国精神。

阅读链接

《水浒传》的作者历来争论不休，有以下几种说法：一、作者是施耐庵，而书名却是罗贯中所起。二、全书是施耐庵一人所著。三、此书是由施耐庵和罗贯中共同写的。

最普通的说法是第一种，即作者是施耐庵，施耐庵由于厌恶尔虞我诈的官场，仅供职两年，便辞官回到老家。回家后他一面教书，一面写《江湖豪客传》。书终于写完了，施耐庵对书中的情节都很满意，只是觉得书名欠佳。当时还是施耐庵的学生罗贯中建议将书名改为《水浒传》。

施耐庵一听，高兴得连声说："好，好！这个书名太好了！'水浒'，即水边的意思，有'在野'的含义，且合《诗经》里'古公亶父，来朝走马，率西水浒，至于岐下'的典故，妙哉！"于是将《江湖豪客传》正式改名为《水浒传》。

神魔小说代表《西游记》

小说源流

小说历史与艺术特色

　　所谓神魔小说，就是以各种神仙道佛、妖魔鬼怪为描写对象的白话章回小说。先秦时期的上古神话是神魔小说的雏形。历经多年的发展，神魔小说在进入明朝以后，发展迅速，极为兴盛。

　　从文学的角度看，神魔小说的产生与发展受多种因素影响，首

■《西游记》绘画

先，原始宗教的种种观念与形态深深地渗入神话之中，成为神话创作的心理基础。其次，原始宗教的幻想作为人类幻想的一部分，大大丰富了神话的幻想和想象。

秦汉时期，在道教思想上产生的神仙故事传说，给神魔小说的作者进行创造性的想象以充分的启示，并且提供了丰富的材料。

有些神魔小说还部分地继承了宋元志怪小说的传统，具有一定的历史烙印。神魔小说的题材类型，则是继承宋元"说话"的传统，特别是受"说经""小说"中灵怪类以及"讲史"的影响。

■《西游记》插图

神魔小说虽然题材类型方面多种多样，但有一个共同点，那就是都充满了浪漫主义。先秦时期的上古神话是浪漫主义的源头，之后《庄子》《离骚》都继承了浪漫主义传统。

明清两代的神魔小说也是沿着这条道路，从现实出发向古代人物、向神话世界、向幻想世界开拓，从而在小说中展现出广阔的描写空间，具有非凡的形象体系，充满了丰富的象征意味。

在众多的神魔小说中，《西游记》是最杰出的代表，是集大成者。这部神魔小说描写了唐代高僧唐僧

神仙　即仙人，是我国本土的信仰。仙人信仰在我国早在道教产生之前就有了，后来被道教吸收，又被道教划分出了神仙、金仙、天仙、地仙、人仙等几个等级。远在佛教传入我国之前，我国本土就有了仙人的信仰。佛教传入我国之后，把古印度的外道修行人也翻译成了仙人。

■唐僧师徒雕塑

率领徒弟孙悟空、猪八戒及沙和尚去西天取经，历经九九八十一难的故事。

《西游记》成书于明中期，故事是有其历史原型的，它取材于玄奘游学取经的故事。玄奘游学取经的经历记录在《大唐西域记》，大体意思：

612年，玄奘13岁，破格以沙弥身份录入僧籍，居净土寺。隋朝末期，玄奘跟着哥哥来到长安，随后又来到蜀都。

622年，23岁的玄奘与商人结伴，经三峡来到荆州，后又北转相州和赵州，足迹遍及半个中国。沿途讲经求学，探索不止，最后来到唐都城长安。

629年，30岁的玄奘出长安西去游学，在高昌王和突厥叶护可汗的大力赞助下，玄奘艰难地通过了中亚地区，进入北印度境，渡印度河，经呾叉始罗，至迦湿弥罗，在这里参学两年。随后来到磔迦国、那仆底国……

633年，到达王舍城，入那烂陀寺讲经求学。638年，玄奘离开那烂陀寺，继续游学东印、南印和西印诸国。642年，43岁，再回那烂陀寺。

645年，已经46岁的玄奘回到了唐都城长安。这段游学历时17年，游历了多个国家，带回几百本有价值的经书，后辑录成《大唐西域记》12卷。

玄奘逝世后，他的两名弟子慧立、彦悰将玄奘的生平以及西行经历又编纂成一本《大慈恩寺三藏法师传》，为了弘扬师傅的业绩，在书中进行了一些神化玄奘的描写，这是《西游记》神话故事的开端。

此后玄奘取经故事在社会上不断流传，神异的色彩越来越浓厚。最终越来越神化的玄奘游学取经的故事在明代文学家吴承恩的笔下变成了神魔小说《西游记》。

这部神魔巨著向人们展示了一个绚丽多彩的神魔世界，在多方面都取得了巨大的艺术成就。

《西游记》艺术想象奇特、丰富、大胆。孙悟空活动的世界，有光怪陆离的天上神国，有幽雅宁静的佛祖圣境，有阴森可怕、鬼哭狼嚎的阴司冥府，有碧

西域 狭义上是指玉门关、阳关以西，葱岭即帕米尔高原以东，巴尔喀什湖东、南及新疆广大地区。广义的西域则指凡是通过狭义西域所能到达的地区，包括亚洲中西部地区等。西域地区是我国文明发源地之一，著名的丝绸之路就途径西域。

■ 《大唐西域记》书影

变形 写作的一种技法，是指根据写作主体的需要，对人物、情节、环境所做的突破常规的曲折表现。从变形的程度看，可分为：畸变和物化。畸变是在不改变人物、景物外形的情况下，展示出人物精神、心理的扭曲和变形或景物环境的主观化的变异。物化是以人格化的物来表现人类社会生活的内容，或以虚幻情景下的人演绎现实生活中扭曲的事。

■《西游记》插图

波银浪翻滚、瑶草奇花不谢的洞天福地，也有富丽辉煌水晶般龙宫……总之，真是千奇百怪，丰富多彩。

作品富有浪漫主义色彩，其丰富浪漫的幻想，并不是天马行空，而是源于现实生活，并在奇幻的描写中折射出世态人情。

如《西游记》的人物、情节、场面，乃至所用的法宝、武器，都极尽幻化之能事，但却都是凝聚着现实生活的体验而来，都能在奇幻中透出生活气息，折射出世态人情，这样容易让人理解和接受。

除了奇异的想象，《西游记》还具有巨大的趣味性。虽然取经路上尽是险山恶水，妖精魔怪层出不穷，充满刀光剑影，师徒四人的胜利也来之不易，但总是轻松的，充满愉悦，紧张感是有的，但没有沉重感。这就得益于作品营造的趣味性。

作品的语言也十分有特色，作者通过夸张、幻想、变形、象征等手法，开拓出一个变幻奇诡、光怪陆离的艺术境界。

作品中人物的对话幽默诙谐，趣味横生，十分符合人物形象和人物性格的塑造，孙悟空的语言总是那么简洁、明朗、痛快，充满豪爽而又快乐的情绪，而猪八戒的语言总是趣味横生，处处都表现出他那呆头呆脑却又自作聪明的性格特征。

《西游记》开拓了神魔小说的新领域，它以完美的艺术表现，使神魔小说这一小说品种趋于成熟，进而确立了神魔小说在长篇小说中的独立地位。

■《西游记》插图

《西游记》对后世的影响是巨大的，在它的启迪下，明清两代涌现出了一大批神魔小说，而且，其故事还被搬上了戏曲舞台，久演不衰。

阅读链接

《西游记》的作者吴承恩出身于一个世代书香而败落为小商人的家庭。他自幼聪慧，喜好搜集奇闻异事。他曾经希望以科举博取功名，然后屡试不第，直到1550年，才补为岁贡生，曾是南京国子监的太学生，后担任了长兴县丞这一小官，晚年归居乡里，贫老而终。

坎坷的人生遭遇，使吴承恩对现实有着深刻的认识；丰富的宗教知识，使他对人生有着哲理的参悟；好奇的读书趣味，使他对艺术有着独特的追求；而和善的性格，又使他对理想有着乐观的向往，这些因素使他在写出了《二郎搜山图歌》愤世嫉俗的诗篇的同时，又创作出《西游记》这部神奇浪漫的神魔巨著。

《封神演义》及神魔小说

在《西游记》之后，还有一部神魔小说广为流传，很受人们的欢迎，这就是长篇章回小说《封神演义》。

《封神演义》的原型最早可追溯至南宋的《武王伐纣白话文》，

■《封神演义》之西岐大战

同时参考了《商周演义》《昆仑八仙东游记》，以姜子牙辅佐周文王、周武王讨伐商纣的历史为背景，描写了阐教、截教诸仙斗智斗勇、破阵斩将封神的故事。

《封神演义》约成书于明穆宗隆庆至明神宗万历年间，是民间创作和文人加工相结合的产物。《楚辞·天问》《诗·大雅·大明》《淮南子·览冥训》《新书·连语》等很多书籍都记载了"武王伐纣"的故事，可见，"武王伐纣"的故事在民间流行甚广。

到了元代，说书艺人汇集了民间的传说、文人的记载，编成了一部讲史的话本，这就是《武王伐纣平话》，这也是第一次从小说的角度比较完整地阐述了这段故事。

全书篇幅巨大、幻想奇特。故事从女娲降香开书开始，到周武王姬发封列国诸侯结束。其中的哪吒闹海、姜子牙下山、文王访贤、三抢封神榜、众仙斗阵斗法等情节，展现了丰富的想象力。

作品在进行环境描写时，突破了堆砌辞藻的韵语程式，用清新流畅的散文笔调、富有感情的艺术眼光，写出了不重复的自然环境，同时又交融着人物的感情，富有意境。

小说在人物描绘上也有一定的成就，比如，突出

■ 《封神演艺》故事插图

长篇 即长篇小说，小说的一种样式，是篇幅长、容量大、情节复杂、人物众多、结构宏伟的一类小说。长篇小说适于表现广阔的社会生活和人物的成长历程，并能反映某一时代的重大事件和历史面貌。在篇章结构上，一般根据故事情节的发展，分成许多章节；篇幅特别长的，还可以分为若干卷或部、集等。

小说源流

小说历史与艺术特色

■ 哪咤闹海年画

哪吒闹海 民间传说中的神话故事，也是《封神演义》中的一个故事，说的是托塔李天王的第三个儿子哪吒，见东海龙王三太子肆虐百姓，挺身而出，打死龙王三太子。东海龙王勃然大怒，随即兴风作浪。惹得哪吒大闹东海，砸了龙宫，捉了龙王。

了妲己的阴险残忍，闻仲的耿直愚忠，申公豹的恶意挑拨，等等。

小说的很多情节叙述得相当曲折生动，如哪吒闹海情节，叙述起来层次分明，高潮迭起，同时也表现出哪吒由天真顽皮到勇武狠斗的性格发展过程。另外，如黄飞虎反出朝歌、广成子三谒碧游宫等，也有复杂细致的描写。

除了《封神演义》外，在《西游记》的思想、艺术的启发和感染下，一批《西游记》的续书得以涌现，主要包括《后西游记》《续西游记》《西游补》《天女散花》等。其中《续西游记》100回，是明人编纂。书的内容是写唐僧师徒在西天取到真经以后，保护经卷送回长安的经历。

由于据说经卷能消灾去祸，增福延寿，因此妖魔都想得到"真经"。为了保护经卷,佛祖特命灵虚子与比丘僧暗中护送。虽然这个故事依然属于虚幻故事,描述也自然属于空中楼阁,但是也有一点事实依据。既然取得了真经,必然有去有回,来路变成了归路。有去时的艰险,必然也有回来时的磨难。作者在写这个故事时,也下了一番苦心,充分发挥了艺术的想象。

《西游补》16回,作于1640年,叙述唐僧师徒离开火焰山后,孙悟空化斋被情妖鲭鱼精所迷,渐入梦境,当了半日阎罗天子,曾用酷刑审问秦桧。后在虚空主人的呼唤下,醒悟过来,回到师父身边,继续西行。

初看起来,《西游补》很像《西游记》中的一难,实际上是节外生枝,自成格局。全书16回,有14回半在写孙悟空的梦境,而梦中的行者与《西游记》中的行者并不合拍,这是作者有意铺叙,精心构造的"鲭鱼世界"。作品情节荒诞,文笔诙谐,对晚明社会的世情世相做了深刻的批判和讽刺,具有很高的思想价值。在所有《西游记》续书中,《西游补》最有特色,成就最高。

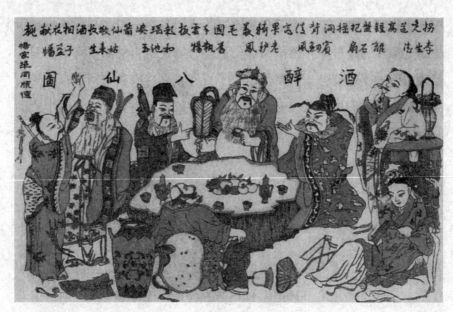

小说源流

小说历史与艺术特色

■ 八仙故事图

三宝太监 指明代伟大的航海家郑和。郑和原名马三保，出身云南咸阳世家。1404年明成祖朱棣赐马三保郑姓，改名为和，被任为内官监太监，官至四品。1405年至1433年，郑和七次下西洋，完成了人类历史上伟大的壮举。

除了《封神演义》和《西游记》外，明代神魔小说还有《平妖传》《东游记》《南游记》《北游记》《三宝太监西洋》等。

《平妖传》是我国小说史上第一部长篇神魔小说，可谓神魔小说这一影响巨大的小说流派的先声。小说讲述的中心事件，是宋代的王则起义，作者罗贯中根据历史事实的民间传说以及市井流传的话本进行整理，编成《三遂平妖传》。

到了明万历年间，通俗文学家冯梦龙从长安城购得罗贯中的20回本，亲自改编增补，广泛吸收民间的妖异故事，以丰富小说的内容，编成《新平妖传》。

《新平妖传》多写人间妖异事件，少谈方外神仙鬼怪。在书中看到的不是天宫地府，而是活生生的社会，从中可以了解到许多元明时代的风俗人情。

《东游记》又名《上洞八仙传》，二卷五十八回，是写铁拐李、汉钟离、吕洞宾、蓝采和、何仙姑、韩湘子、曹国舅等八仙的故事。小说结构粗疏，各回长短不齐，短的不足500字，长的约3000多字。

《南游记》和《北游记》均是明晚期书商余象斗所编。《南游记》又名《五显灵官大帝华光天王传》，四卷十八回，讲述的是佛门弟子华光的奇妙故事。《北游记》又名《北方真武玄天上帝出身志传》，四卷二十四回，讲述的是天上玉帝投胎转世，历尽风波，累世修行，终成正果的故事。

《三宝太监西洋》又名《三宝开港西洋记》《三宝太监西洋记通俗演义》，简称《西洋记》。《三宝太监西洋》的原型是明代永乐年间宦官郑和七次奉命下"西洋"的史实。作者将其描绘成神魔小说，希望借此激励明代君臣勇于抗击倭寇，重振国威。

109 of 160 独立成体 明代小说

阅读链接

对于《封神演义》的作者有三种说法：

第一种说法是据明舒载阳刻本《封神演义》卷二题署"钟山逸叟许仲琳编辑"，可推知，此书原本为明朝小说家许仲琳撰写。

第二种说法是据清籍《传奇汇考》卷七"《顺天时》传奇解题"道，《封神传》传系元时道长陆长庚所作。这里"元时"，是明时的误写。

第三种说法是清梁章钜《归田琐记》卷七"封神传"中道，昔有士人罄家所有，嫁其长女者，次女有怨色，士人慰曰："无忧贫也"……演为《封神演义》，以稿授女。梁章钜称"士人"是"前明一名宿"。

在这三种说法中，前两种说法影响较大，一般刊印《封神演义》还是署名为明人许仲琳，但不能据此否决作者为陆长庚之说。

白话短篇小说的典范之作

■《二刻拍案惊奇》插图

宋元小说话本凭借其通俗流畅的特点，受到广大市民的欢迎，话本小说的影响由此更为扩大。进入明代，明代的一些文人对流行于民间的宋元话本进行搜集、整理、加工出版，刊行于世。

此外，还有不少文人模拟话本的形式进行创作，创造出许多新的话本小说，时称"拟话本"。各类"拟话本"的不断涌现，使白话短篇小说又进入了一个新的繁荣时期。

在众多的明代白话短篇

小说中，成就最高、影响最大当属冯梦龙的"三言"和凌濛初的"二拍"。特别是"三言"的艺术成绩最高，达到了古代白话短篇小说的最高峰。

"三言"是短篇小说集《喻世明言》《警世通言》《醒世恒言》的总称，每集收录短篇小说40篇，共120篇。其中多数是经过作者润色的宋元明话本和明代文人的拟话本，而作者自己创作的作品较少。

■ 《二刻拍案惊奇》插图

"二拍"指《初刻拍案惊奇》和《二刻拍案惊奇》。《初刻拍案惊奇》共40卷，收录40个短篇小说。《二刻拍案惊奇》也是40卷。与"三言"不同的是，"二拍"大部分的作品是作者自己创作的。

"三言"的作者冯梦龙，字犹龙，江苏苏州人，出身士大夫家庭。他的哥哥梦桂擅长画画。他的弟弟梦熊，太学生，擅长写诗，兄弟三人并称"吴下三冯"。

"二拍"的作者凌濛初与冯梦龙生活在同一时代，凌蒙初，字玄房，号初成，浙江吴兴人。18岁补廪膳生，后科场一直不如意。55岁时，以优贡授上海县丞。凌濛初一生著述甚多，而以"二拍"最有名。

短篇小说 小说的一种，特点是篇幅短小、情节简洁、人物集中、结构精巧。它往往选取和描绘富有典型意义的生活片断，着力刻画主要人物的性格特征，反映生活的某一侧面，使读者能"借一斑略知全豹"。通常，平均篇幅在万言左右的小说会被划归短篇小说。

小说源流

小说历史与艺术特色

■《三言两拍》插图

官吏 即官员。就是为政府工作人员的总称。可以指中国封建时代九品官中的任何一种官职，较低级的官吏由通过中国经典文学考试，也就是通过科举考试及格的人来充当。中央官职在不同时代有所不同，秦设丞相，汉有三公，宋代为中书省，明代有内阁，清代有军机大臣。

"三言"题材众多，内容广泛，其内容主题有反映爱情婚姻的，有痛斥腐败官吏的，还有谴责忘恩负义、以怨报德的，还有描写市井百姓和商人生活的，总之，形形色色，包罗万象。

"三言"中的一些爱情小说，敢于大胆冲破封建礼教的樊篱，表现出新的观点。它不仅反对封建婚姻制度和婚姻观念，更提倡爱情专一，一夫一妻，极度痛斥那些喜新厌旧、嫌贫爱富的人。

"二拍"是"三言"之后最有代表性的白话短篇小说，主要是根据"古今杂碎事"加工创作而成，故事大都有来源，但在原书中仅是旧闻片断，凌濛初则对这些素材进行生发改造，写成了富有时代气息的生动的故事。

"二拍"里面也有众多反映爱情婚姻主题的内容，也提出了和"三言"类似的新的爱情观念，如对封建婚姻中男女关系的不平等提出异议，要求男女平等，另外，还高度赞扬了为争取人格尊严而进行的不屈不挠的斗争。

"三言""二拍"对土豪劣绅仗势欺人、横行霸道的行为进行了无情的揭露和鞭挞。小说的结尾往往是罪恶之人得到了惩处，善良得到了彰显，这表明了人们惩恶扬善的美好愿望。

"三言""二拍"是由宋元小说话本直接发展而来，因此在艺术上保留了不少小说话本的特色，如叙述方式、结构体制、语言的运用和提炼等，都继承了小说话本的优良传统。

"三言""二拍"在艺术上又有很多新的发展，如在人物性格、形象塑造方面取得了新的进步。在突显人物性格时，善于在典型环境中塑造典型人物，按照人物的性格安排设计故事冲突。

同时，在细节描写上，一针一线、一丝一毫都不松懈，可谓细致入微，使人物形象变得立体丰满，有血有肉。

"三言"和"二拍"比起话本，篇幅大大加长了，主题思想更为集中鲜明，作品结构更为严谨，故事情节更为曲折动人，引人入胜。

在语言方面，"三言"和"二拍"的语言更加通俗流畅，含蓄生动。"二拍"中的作品，多是由凌濛初加工、润色、改变、扩大，由数十字而变成了数千字的结构完整的小说的，所以"二

《卖油郎独占花魁女》插图

三言二拍插图

拍"的语言独创色彩较浓厚。

"三言"和"二拍"还善于通过心理描写，细致入微地刻画出人物复杂的内心世界。

宋元白话小说也有着较为到位的心理描写，但动态有余而静态不足，"三言"和"二拍"则弥补了这个不足，人物形象更富有立体的质感。

除了"三言"和"二拍"之外，明代还有许多白话短篇小说，它们也取得了一定程度上的突破，对明代白话短篇小说的全面繁荣起到了重要的作用，书写出白话短篇小说的辉煌篇章。

阅读链接

"三言"的作者冯梦龙是个多才多艺的大家，他毕生从事戏曲、民歌和白话小说等通俗文学的搜集、整理、创作和编辑工作，著作丰富，涉及通俗文学的各个方面。在小说方面，除"三言"外，还增补和改编了长篇小说《平妖传》《新列国志》等。选编了以男女之情的故事为主要内容的文言笔记小说集《情史类略》。

冯梦龙创作的戏曲作品有《双雄记》《万事足》两种，还改编了别人剧本8种，合称《墨憨斋新曲十种》。刊行的民歌集有《桂枝儿》《山歌》两种，还编印有《古今谭概》。

在众多的著作中，以"三言"的影响最大，他不仅对小说话本的传播起到了重要的作用，而且直接推动了拟话本的创作。

世情小说里程碑《金瓶梅》

世情小说是古典白话小说的一种，又称为人情小说、世情书等。世情小说叙写的种种情事，描写的人物，都是看得见，摸得着，贴近人们的真实生活的。由于这类小说将人们身边的世态人情刻画得非常形象透彻，所以得到了很多成年人的喜爱。

我国古代小说中早有写人情的传统，在魏晋小说中，虽然主体是"记怪异"，但也有些故事"渐

■《金瓶梅》插图

小说历史与艺术特色

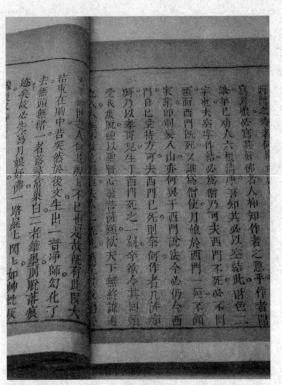

■ 《金瓶梅》书影

泰州学派 我国历史中第一个真正意义上的思想启蒙学派，它反对束缚人性，引领了明朝后期的思想解放潮流。创始人王艮是明代哲学家，字汝止，号心斋。泰州安丰场人，人称王泰州。泰州学派的影响巨大，门人上自公卿大臣、下自庶民百姓，是晚明时期著名显学。

近于人性"，表现恋爱婚姻的理想，如《吴王小女》《韩凭夫妇》《河间男女》等。

进入唐代，以恋爱婚姻为题材的小说代表了唐传奇的最高成就，《莺莺传》《霍小玉传》《柳氏传》等是其杰出的代表。

但真正的世情小说主要是指宋元以后古典白话小说中内容世俗化、语言通俗化的这类小说。这类世情小说在明代得到迅速发展并开始流行。

明代世情小说的迅猛发展有着深刻的社会的因素，明代正德、嘉靖年间，经过了100多年的休养生息，经济有了很大的发展，尤其是商品经济的发展，已超过了以前的任何一个时代。

跟这种经济相应的是，在文化思想领域中兴起了一股启蒙思潮，其代表人物是泰州学派的创始人王艮和他的继承人李贽。

这种启蒙思潮，强调个人的重要，肯定人情和人欲的合理。这种多元的经济政治文化思想背景，自然又比宋元时代更适合于那种以反映人情、人欲，反映世情世相为主的世情小说的发展。

从小说内部的发展情况看，早在元明之交，侠义公案、历史演义小说便迎来了自己的高潮。明代嘉靖间，神魔小说也达到了高峰。侠义公案、历史演义、神魔小说的迅速发展，必然刺激世情小说的成长。同时，这些小说的创作经验，为世情小说所吸收。

在前人艺术积累的基础上，再加上大众的口味需要，世情小说得到了大发展、大繁荣，成为古代小说一个非常重要的品类，创造出标志我国古代小说最高成就的作品。

《金瓶梅》揭开了世情小说的帷幕，成为我国第一部长篇世情小说，可它并非源自短篇人情话本，而是直接源出于《水浒传》这部"讲史"的长篇小说。

《金瓶梅》由《水浒传》中世情味极浓的"武松杀嫂"一段引发，说是当日武松去杀西门庆，其实并没有得手，只是杀了个为西门庆通风报信的衙役李外传，武松因此被发配孟州。

接下去便叙述了西门庆的糜烂生活史、家庭盛衰史、妻妾争风吃醋争权夺宠史，由此展现出明代中期的社会风情画卷。

《金瓶梅》这部巨著引用了许许多多此前出现

侠义公案 是中国古代小说的一类，原分为侠义、公案小说，至清代二者合流，出现了侠义公案小说。侠义小说是以侠客、义士的故事为题材的作品。公案小说是以办案为题材的小说。最具代表性的侠义公案小说有《三侠五义》《施公案》《彭公案》《续侠义传》《小五义》等。

■ 《金瓶梅》插图

独立成体

明代小说

■《金瓶梅》插图

的市人小说、杂剧、散曲、传奇资料。

《金瓶梅》巧妙多变的状物绘人手法，娴熟的生活气息，极浓的文学语言，结构篇章的高超技巧，等等，除了作者本人的才气阅历，实际上也是宋元以来市人小说，以及《水浒传》等长篇通俗小说作家们长期累积的结果。

《金瓶梅》的作者洞悉当时的社会，也许深深体味过世态的淡薄炎凉，故而写出了这部深刻反映世相的作品。

作者在作品中塑造了三个典型女性，却又把她们送上了死亡的道路。他创造了西门庆，集贪财、贪色、奸淫、残恶于一身，同样让他死去。

作者之所以创造了他们又要他们死去，是为了惩戒那些贪财好色、放纵淫欲的人。作者满怀对前程的黯淡感，因此在作品中，充满了黑暗、丑恶，充塞了各式各样的坏人恶人。

《金瓶梅》是古代小说发展中的里程碑，为我国古代小说的发做出了历史性的贡献。它从取材于历史转为取材于现实生活。它虽然还假托往事，虽然还不能完全摆脱历史的影子，但实际上主要是写现实生活，这是古代长篇小说题材转变的标志。

《金瓶梅》的艺术表现方法发生了巨大的变化，这是由于题材变化决定的。在《金瓶梅》之前，古代小说着重写朝代兴衰、英雄争霸，借此来反映朝廷的兴衰、历史的盛衰，艺术表现方法是以大见大。

《金瓶梅》却取材一个家庭的兴衰，描写市井人物的日常生活，来反映时代和社会的变迁，艺术表现实现了由小见大，这就使作品与现实生活，与普通百姓的距离更近了，现实感和时代感更加鲜明了。

也正是由于题材的变化，作品改变了过去用惊心动魄的故事和传奇性的细节刻画人物的方法，对日常生活场景作细腻的描写，用生活细节来描写刻画人物性格。

《金瓶梅》语言遵循口语化、俚俗化的方向发展。它运用鲜活生动的市民口语，充满着浓郁淋漓的市井气息，尤其擅长用个性化的语言来刻画人物，神情口吻无不毕肖。

《金瓶梅》塑造人物非常成功，它用生活场景和细节描写刻画人物性格；用白描手法描写人物神态；通过别人的议论介绍人物特征；透过室内陈述来衬托人物性格；用个

■ 《金瓶梅》插图

《金瓶梅》插图

性化的语言表现人物性格；等等，丰富了塑造人物形象的艺术手段，积累了艺术经验。

《金瓶梅》还善用讽刺手法，具有讽刺文学的性质，它常用白描手法，如实地把人物言行之间的矛盾不动声色地描写出来，达到了"戚而能谐，婉而多讽"的效果。

《金瓶梅》以前的长篇小说，都是从"说话"演变而来的，受说话艺术的影响，重故事性，是一个个故事串联起来的，但是《金瓶梅》仍采用章回小说形式，从生活的复杂性出发，发展成网状结构，其特点不在于情节曲折离奇，而在于严密细致，情节自然展开。

阅读链接

《金瓶梅》的抄本，已遗失，现在可以见到的刻本，有两个系统三种重要版本。《金瓶梅词话》100回，万历时期的刻本，卷首有欣欣子序。序云："窃谓兰陵笑笑生作《金瓶梅传》，寄意于世俗，盖有谓也。"首次提出兰陵笑笑生是《金瓶梅》的作者。

《新刻绣像金瓶梅》或《新刻绣像批评原本金瓶梅》，100回，崇祯时期刻本，卷首有弄珠客序，但无欣欣子序。

《张竹坡批评金瓶梅》100回，1695年刊刻，无欣欣子、东吴弄珠客序，却有谢颐序、张竹坡的评论，特别是《读法》108条，包含了不少真知灼见，是研究《金瓶梅》的重要材料，对我国古代小说理论做出了重要贡献。

清代小说

继明代之后，小说在清代又迎来了一个创作和传播的高峰时代。清代是我国古典小说盛极而衰并向近代小说、现代小说转变的时期。清代小说反映了广阔的生活面，样式丰富多彩，具有"千帆竞秀"的艺术特点。

清代顺治、康熙年间，一批才子佳人小说和家将小说问世，《红楼梦》是集大成者。清代雍正、乾隆时期，以《儒林外史》为代表的古代讽刺小说问世。文言小说的巅峰之作《聊斋志异》也在此期间面世。

才子佳人小说产生与发展

　　明末清初，文坛上涌现出一批才子佳人小说，才子佳人小说是世情小说的一个分支和流派。从题材上说，这类小说是写才子佳人的恋爱故

才子佳人画

事，其情节构成，大多是郊游偶遇，题诗传情，经人撮合，私订终身。

　　才子佳人小说的结局往往是因命运乖违，或因小人拨弄，或出政事牵连，于是佳人逼嫁，才子遭难，虽经波折，双方却坚贞如一。后来或由于才子金榜题名，或由于圣君贤吏主持正义，终于"有情人终成眷属"。

　　从形式上说，这类小

说也有其共同点，一是相当一部分作品书名模仿《金瓶梅》，用主人公的名字命名作品，如《玉娇梨》《平山冷燕》《金云翘传》《春柳莺》《雪月梅》等。二是一般在16至20回之间，均10万字左右，相当于现代一部中篇小说的篇幅。

■ 才子佳人画

才子佳人小说产生的原因颇为复杂，概括来说，主要是3方面因素作用的结果。

第一，与作家的生活遭遇和创作心态有密切关系。生活于明末清初的文人，有的可以飞黄腾达，有的则时命不好，功名无望，心灰意冷，于是借小说寄托感慨，求得精神安慰。

清代小说家天花藏主人在《平山冷燕序》中表明了自己的创作意识。他说自己"奈何青云未附，彩笔并白头低垂"，故不得已而写小说。烟水散人在《女才子书》"崔淑引"中叙说无限感慨："世之熙熙攘攘，劳形毕露于功名富贵之间者，何一非梦？"

第二，明末文化思潮的影响。才子佳人小说作家多为下层文人，他们受明末"真情"观、和"情教"说的影响，其婚姻爱情观中有某些尊重个性、要求

中篇小说 小说的一种。其容量大小、篇幅长短、人物多寡、情节繁简等均介于长篇小说和短篇小说之间，通常只是截取主人公一个时期或某一段生活的典型事件塑造形象，反映社会生活的某个方面，故事情节完整。线索比较单一，矛盾斗争不如长篇小说复杂，人物较少。一般在3万至10万字左右。

自由的进步成分。这种思想和审美情感，迎合了广大市民的感情需求，因此，才子佳人小说得以产生并有机会崛起。

第三，《金瓶梅》的巨大影响。作为文人的独立创作，《金瓶梅》以现实生活中的市井人情为题材，对才子佳人小说具有强大的启示作用。

■《金瓶梅》插图

才子佳人小说发展可分为两个阶段。第一阶段是从明末至清初顺治、康熙年间，以顺治、康熙年间为高峰。第二阶段是清雍正、乾隆年间。这时的才子佳人小说较之前一阶段，有较大变化。主要是反映生活面有所拓宽，世情方面描写有所增加，出现了与神魔、侠义、讲史合流的趋势。

乾隆以后是才子佳人小说的末流，一方面发展为狎邪小说，把佳人变为妓女、优伶，从花园闺阁移向妓院戏馆；青年正当的恋爱变为婚外恋或同性恋。另一方面就是与侠义小说相结合，发展为儿女英雄小说。

第一阶段才子佳人小说的代表作有《玉娇梨》《平山冷燕》《好逑传》《金云翘传》和《定情人》。

《玉娇梨》又名《双美奇缘》，20回，为清初最早问世的才子佳人小说，题"荑荻散人编次"，成书

优伶 我国古代以乐舞谐戏为业的艺人的统称，又称俳优、伶人、倡优等，亦称戏曲演员。古汉语里"优"和"伶"都是演员的意思。现在伶人或伶多指戏曲演员，有时也会把外国传统戏剧演员称为"伶"，如日本能剧、歌舞伎演员，西方歌剧演员，等等。

于明末。主要内容是写金陵太常卿白太玄之女红玉的爱情故事。

《平山冷燕》20回，成书于顺治初年。小说叙述大学士山显仁女儿山黛和扬州才女冷绛雪的曲折爱情故事。

《玉娇梨》和《平山冷燕》成为才子佳人小说的范本，以后各才子佳人小说多仿此而作，只不过是稍加变化而已。

第二阶段创作的才子佳人小说，即雍正、乾隆以及以后的作品，主要有《蝴蝶媒》《五凤吟》《幻中游》《女开科传》《二度梅全传》《英云梦》《白圭志》等，代表作为《雪月梅传》《驻春园小史》《铁花仙史》。

才子佳人小说从单篇作品看大多成就不高，但作为一个文学流派，从总体上来说，是世情小说的一个分支，在古代小说史上占据着重要位置。

才子佳人小说所表现的理想是有一定进步意义的，它歌颂女子的才能，作品女主人公都是美貌而多才的，如《平山冷燕》中的山黛、冷绛雪的诗才压过群臣；《好逑传》中

文学流派 文学发展过程中，一定历史时期内而出现的一批作家由于审美观点一致和创作风格类似，自觉或不自觉地形成的文学集团和派别，通常是有一定数量和代表人物的作家群。

■《玉娇梨》插图

水冰心的胆识才能超过了男子。

《平山冷燕》中燕白颔感叹地对平如衡说：

> 天地既以山川秀气尽付美人，却又生我辈男子何用……
> 如此闺秀，自是山川灵气所钟。

才子佳人小说提出了色、才、情三者一致的爱情观。《玉娇梨》中苏友白说：

> 有才无色，算不得佳人；有色无才，算不得佳人；即有
> 才有色，而与我苏友白无一段脉脉相关之情，亦算不得我苏
> 友白的佳人。

这种爱情观与市民阶层的价值观、道德观相一致，具有近代色彩，这表明了才子佳人类小说的进步性。

小说源流

小说历史与艺术特色

阅读链接

才子佳人小说深受《金瓶梅》的影响，但两者却也有着诸多的不同。

《金瓶梅》主要描写光怪陆离的市井生活，表现市井社会粗俗泼辣的审美情趣；才子佳人小说主要描写书房闺阁的文人生活，表现了知识分子优雅闲适的生活趣味。

《金瓶梅》主要表现北方的社会生活和风俗习惯，表现山东一带的景物和方言，显示出粗犷泼辣的艺术风格；才子佳人小说绝大部分作者是南方人，书中男女主角几乎全是江浙一带的书生小姐，描写的人情风俗、地理景观全部是南方的色彩，显示出典雅秀丽的艺术风格。

《金瓶梅》描写西门庆的暴亡和家庭的败落，渗透着一股浓重的悲伤和幻灭的情绪；才子佳人小说，总是大团圆结局。

世情小说顶峰的《红楼梦》

世情小说发展到清代，又有了进一步的发展，并且达到了顶峰，这顶峰就是《红楼梦》。《红楼梦》是世情小说的集大成者，也是我国古代小说的艺术最高峰。

小说以荣国府的日常生活为中心，以宝玉、黛玉、宝钗的爱情婚姻悲剧及大观园中点滴琐事为主线，以金陵贵族名门贾、史、王、薛四大家族由鼎盛走向衰亡的历史为暗线，展现了穷途末路的封建社会终将走向灭亡的必然趋势。

小说以其曲折隐晦的表现手法、凄凉深切的情感格

■曹雪芹雕像

■ 《红楼梦》插图

织造 明清于江宁、苏州杭州各地设专局，织造各项衣料及制帛诰敕彩缯之类，以供皇帝及宫廷祭祀颁赏之用。明于三处各置提督织造太监一人，清改任内务府人员，称织造。也是纺织技术的专业术语，指将经、纬纱线在织机上相互交织成织物的工艺过程。

调、强烈高远的思想底蕴，真实、生动地描写了18世纪上半叶中国封建社会末期的社会生活。

《红楼梦》成书于18世纪中叶的乾隆时代。原著120回，前80回由曹雪芹著，后40回为无名氏续写，据说为清文学家高鹗续撰。

《红楼梦》原名为《石头记》，《石头记》的前身为《风月宝鉴》。《风月宝鉴》是《红楼梦》的初稿，是曹雪芹早年所写。

曹雪芹，名霑，雪芹是他的号。康代熙登基后，曹雪芹的曾祖曹玺因妻孙氏曾为康熙乳母，得任江宁织造。自此，历经祖父曹寅，父辈曹颙、曹霜，凡3代4人占据这一要职达60年之久，康熙一生6次南巡，有5次以曹家的江宁织造署为行宫，曹家这段时期堪称"鲜花着锦之盛"时期。

1727年，江宁织造曹頫以"行为不端，织造款项亏空甚多"的罪名被籍没家产，遣返北京。曹家由此败落。

曹雪芹的一生正经历了家族由盛而衰的历程。家境的急剧变化，使他的人生观和世界观发生了极大的变化，也成为他写作《红楼梦》的潜在原因。

在家境的这种急剧变化过程中，曹雪芹深有感触地撰写了《风月宝鉴》，这部描写都市贵族青年爱情的言情小说。《风月宝鉴》以"风月之情"为主要线索，以戒淫劝善为基本思想。

随着生活环境的改变，曹雪芹思想也起了很大的变化，他开始自觉地净化和升华《风月宝鉴》中的生活经验，删去旧稿中过分直接的现实的生活描写，增加了更多净化后的材料，大大提升了《风月宝

史湘云醉眠芍药裀

■《红楼梦》插图

绛珠草 是曹雪芹在《红楼梦》中原创的一个角色，绛珠也就是红色的珠子，暗示着血泪，寓示着林黛玉好哭的性格和悲惨的结局。绛珠草，东北俗名红菇娘儿，随处可见，常生荒坡野草间，婷婷独立。果实绛红鲜艳，圆润饱满，酸甜味美。

鉴》的艺术境界。最终增删数次，完成了《红楼梦》的主体部分。

《红楼梦》的故事是从神话开始的。说远古时候，女娲炼石补天，留下一块顽石未用，一直丢弃在青埂峰下。这块顽石经年累月吸收日月精华，最终有了灵性。

灵石恳求仙人茫茫大士和渺渺真人，送他到人间去享受一番红尘繁华。两位仙人经不住恳求，便将他幻化缩小成一块可佩带、可拿的"通灵宝玉"，并将宝玉送到太虚幻境警幻仙姑之处。

这个时候，赤瑕宫的神瑛侍者以甘露之水浇灌西方灵河岸上三生石畔行将枯萎的绛珠草，使仙草成活下来，最终修成女形。神瑛侍者动了凡心，想要下世为人。

绛珠草感念他的灌溉之恩，发誓用一生的眼泪来偿还他，遂跟随他下凡。那块由顽石幻化成的"通灵宝玉"也由神瑛侍者带入红尘。

不知过了几世几劫，空空道人路过青埂峰，见一块大石头上刻有字迹，便从头到尾抄下，后经曹雪芹批阅增删，才成此书。

红楼梦是一部具有高度思想性和艺术性的伟大作品，作为一部成书于封建社会晚期，清朝中期的文学作品，该书系统总结了中国封建社会的文化、制度，对封建社会的各个方面进行了深刻的批判，并且提出了朦胧的带有初步民主主义性质的理想和主张。

从风格上看，《红楼梦》虽是叙事文学，却创造性地吸收和运用了古代诗歌、绘画等的艺术手法，使小说充满了诗情画意。

这既表现在一些优美动人的场景构思中，如宝玉黛玉共读《西厢》、黛玉葬花、宝钗扑蝶、晴雯补裘、湘云醉卧芍药裀、宝琴立雪、黛玉焚稿等，还表现在人物塑造上。作者对他所钟爱的人物，往往赋予其诗的气质。

■《红楼梦》插图

■ 《红楼梦》人物
塑像

韵文 有韵的文
体，与散文相
对。韵文是讲究
格律的，甚至大
多数要使用同韵
母的字作句子结
尾，以求押韵的
文体或文章，如
诗、赋、词、曲
和有韵的颂、
赞、箴、铭、
哀、诔等。格律
是指一系列古代
诗歌独有的，在
创作时的格式、
音律等方面所应
遵守的准则。

如林黛玉消瘦的身影、幽怨的眉眼、深意的微
笑、哀婉的低泣、脱俗的情趣、飘逸的文思以及她所
住的那个宁静幽雅的潇湘馆，使她在十二钗的群芳中
独具一种韵味。

作者十分善于借景抒情，主要表现在大量的诗、
词、曲、赋中，如黛玉的《葬花吟》《秋窗风雨夕》
《桃花行》，宝玉的《芙蓉女儿诔》，湘云、宝钗的
《柳絮词》，宝琴的《咏红梅花》，等等，都是情景
交融、意境深远的绝唱。

《红楼梦》中还多处采用了象征的表现手法：

其一是观念象征，这是一种比较传统的象征手
法，比如，翠竹象征黛玉孤傲的人格；花谢花飞、红
消香断，象征少女的伤感和红颜薄命。

其二是情绪象征，这是较为高级的象征形态，它
的象征意象不是通过某个观念的蕴含，而是在于激起

某种情感或意绪。

其三是整体象征，即把象征性意象扩大为整个形象体系。《红楼梦》的整体象征是把作者的情绪、感受以至人物的遭遇、命运等都浸透到象征中去，从而构成一个既有骨架更有血肉的整体象征体系。

《红楼梦》在艺术结构上也是匠心独运的。它把如此众多的人物和纷繁、琐碎的生活细节组织在一起，既纵横交错，筋络连接，又线索清楚，有条不紊。

小说的语言也很富于表现力。它全面继承了汉语语言文学的优良传统，把文言、白话及韵文、散文、骈文等熔于一炉，典型地体现了18世纪中叶汉语的面貌。

《红楼梦》在思想内容和艺术技巧方面的卓越成就，使它被公认为我国古代小说的顶峰。后世研究这部小说的著作不可胜数，成为一门独特的学问——"红学"。

《红楼梦》之后，虽然仅《红楼梦》的续书就出现了十余种，但思想境界、艺术水平都远逊于原书。

阅读链接

曹雪芹性格孤傲，且愤世嫉俗、豪放不羁，才气纵横，他取号"梦阮"，明显表出对阮籍的追羡之意。阮籍喜欢老庄风格，曹雪芹也得其精髓。阮籍喜欢喝酒，曹雪芹也是"举家食粥酒常赊"。阮籍经常被人"谓之痴"，曹雪芹也常被人称为"疯子"。他的才气令时人惊叹。

繁华过后，留下了不尽的沧桑。晚年，曹雪芹移居北京西郊，生活更加困苦，"举家食粥"，他以坚忍不拔的毅力，专心致志地从事《红楼梦》的写作和修订。

1762年，他的幼子夭折，他陷于过度的忧伤和悲痛之中。他的悲剧体验，他的诗化情感，他的探索精神，他的创新意识，成就了伟大的《红楼梦》，从而把古典小说创作推向了高峰。

文言小说高峰《聊斋志异》

　　清代的文言小说可谓浩如烟海，非常繁多，这一时期也是文言小说最后的繁荣时期，有3种情况，一是清代初期文言小说的繁荣，代表作品为《聊斋志异》；二是清代中期受《聊斋志异》影响而创造的诸多小说；三是清代中期的《阅微草堂笔记》及受它影响的小说创作。

蒲松龄画像

　　清代初期，文言小说异常繁荣，蒲松龄在前人的基础上，不断吸收传统文学营养，以传奇的笔法写志怪，成就了文言小说的高峰之作《聊斋志异》。《聊斋志异》代表了我国文言小说的最高成就。

　　蒲松龄，字留仙，一字剑

■ 《聊斋志异》插图

臣，别号柳泉居士，世称聊斋先生，自称异史氏，山东淄博人。他出生于一个逐渐败落的中小地主兼商人家庭。19岁应童子试，接连考取县、府、道3个第一，名震一时。补博士弟子员。以后屡试不第，直至72岁时才成岁贡生。

蒲松龄对科举制度的不合理深有感触并深恶痛绝。他用毕生的精力完成了《聊斋志异》的创作。《聊斋志异》共8卷、491篇，约40余万字。

《聊斋志异》体裁大体分为两类，一类类似于笔记小说，篇幅短小，记述简要。一类近似杂录，写作者亲身见闻的一些奇闻异事，具有素描、特写的性质。大部分作品是具有完整的故事、曲折的情节、鲜明的人物形象的短篇小说。

作品内容丰富多彩，故事多采自民间传说和野史轶闻，将花妖狐魅和幽冥世界的事物人格化、社会化，充分表达了作者的爱憎感情和美好理想。

众多的作品中，描写爱情主题的作品，数量最

百花齐放 清代小说

童子试 科举时代参加科考的资格考试，亦称童试，分为"县试""府试"及"院试"三个阶段。县试在各县进行，由知县主持。清代时一般在每年农历二月举行，连考五场。通过后进行由府的官员主持的府试，在农历四月举行，连考三场。通过县、府试的便可以称为"童生"，参加由各省学政或学道主持的院试。

■《聊斋志异》插图

多，作者主要是出于对遭受封建礼教压迫的青年男女的同情，因此，在作品中赞颂了青年男女对婚姻幸福生活的热烈追求。

在描写爱情婚姻题材的作品中，作者塑造了许多聪明美丽、热情善良，敢于反抗传统礼教束缚的女子形象，她们爱憎分明，对美好的事物有着热烈的向往和追求。

作品还对腐朽落后的科举考试进行了激烈的抨击，他塑造了一批有真才实学而屡试不中的知识分子形象，并对他们报以深深地同情。而对那些徇私舞弊的主考官进行了深恶痛绝的斥责和无情的鞭挞。

此外，作者对那些利欲熏心、热衷功名、精神空虚的名利之徒也进行了辛辣的嘲讽，深刻地批判了在科举制度下培养出来的封建士子的丑恶灵魂。

《聊斋志异》另一重要主题是揭露、谴责贪官污吏、恶霸豪绅的罪行，抨击黑暗的封建官僚政治。在这类作品里，作者根据自己的亲身见闻和深切感受，以犀利的笔锋，触及封建政治的各个方面，深刻反映了封建社会的矛盾，表达了对人们疾苦的同情。

科举考试 隋唐至清代的封建王朝分科考选文武官吏及后备人员的制度。隋代以前采用的是世袭制和九品中正制选拔官员，这些制度导致出身寒门的普通人无法步入仕途，隋代开始改为科举制，使得任何参加者都有成为官吏的机会。清代科举考试逐渐僵化，被称为八股文，后废除。

《聊斋志异》在艺术上代表着文言短篇小说的最高成就，它博采历代文言短篇小说以及史传文学艺术精华，用浪漫主义的创作方法，造奇设幻，描绘鬼狐世界，从而形成了独特的艺术特色。

《聊斋志异》在对唐传奇情节曲折、叙写委婉、文辞华丽等成功的继承上，又有了超越，具体表现在：一是从故事体到人物体，注重塑造形象；二是善用环境、心理、等多种手法写人；三是具有明显的诗化倾向。

《聊斋志异》情节离奇曲折，富于变化。作者每叙一事，都力求避免平铺直叙，尽量做到有起伏、有变化、有高潮、有余韵，一步一折，变化无穷。故事情节力避平淡无奇，尽量做到奇幻多姿，迷离惝恍，奇中有曲，曲中有奇。

《聊斋志异》的情节，还具有神奇、虚幻的特点，充满着浪漫主义的丰富想象，其中凝聚着作者鲜明的爱憎与进步的思想。虽然属于浪漫主义，实际上是曲折地反映了社会的现实生活。

作者善于运用多种手法塑造个性鲜明的人物形象。在刻画人物时，或通过人物的声容笑貌和内心活动，或通过准确的细节描写，往往寥寥数笔，便能形神兼备。

作者在人物形象的塑造上，还能做到充分的个性化，众多的人物形象，大都具有自己独

■《聊斋志异》插图

■《聊斋志异》插图

特鲜明的个性特征。

另外，作者还十分善于提炼和组织真实而富于艺术表现力的生活细节，来刻画有血有肉的人物形象。作品中，通过生活细节塑造人物形象的地方俯拾皆是，非常成功。

《聊斋志异》虽然是使用文言文来写作完成的，但并不让人感到晦涩难懂，它继承了我国文言文的精练、简洁、准确、生动等优良传统，并从口语中提炼出大量清新隽永、诙谐活泼的富有表现力的语言，因此，语言显得简洁精练，丰富多彩，富有表现力。

阅读链接

《聊斋志异》问世以后，影响十分广泛，模仿之作也纷纷出现，虽然这些仿作的成就都不如《聊斋志异》，但是也各有特色。

这些作品大多数诞生于清代乾隆至光绪年间。乾隆年间的作品主要有沈起凤的《谐铎》、邦额的《夜谭随录》、浩歌子的《萤窗异草》；嘉庆、道光年间主要有冯起凤的《昔柳摭谈》、管世灏的《影谈》等；同治、光绪年间主要有宣鼎的《夜雨秋灯录》、王韬的《遁窟谰言》《淞隐漫录》等。其中比较著名的是沈起凤的《谐铎》、浩歌子的《萤窗异草》和宣鼎的《夜雨秋灯录》。

讽刺小说的发展及辉煌成就

讽刺是一种常见的艺术手法，在任何题材的小说中都可以运用。先秦文学的《诗经》中有怨刺诗，诸子著作中的寓意散文，就是以暴露一切丑恶腐朽的想象为其主要特征的，其中有对统治阶级的讽刺，有对新兴士阶层的讽刺，还有很多对一般人情世态的讽刺。

■汉代王充画像

到了汉魏，在散文中，有很多精彩的讽刺之作，如贾谊的《新书》、刘向的《说苑》《新序》、王充的《论衡》等。

唐代是古代讽刺艺术成熟的时期，出现了很多优秀的讽刺作品，讽刺大家韩愈、柳宗元以富有创新的批评精神，创作了许多不朽的讽刺作品。晚唐作家罗隐

■ 吴敬梓（1701—1754），字敏轩，号粒民，因家有"文木山房"，所以晚年自称"文木老人"，又因自家乡安徽全椒移至江苏南京秦淮河畔，故又称"秦淮寓客"。他是清代最伟大的小说家之一。善诗文，尤以小说著称。所作《儒林外史》，是我国古典讽刺小说中杰出的作品。

的《谗书》几乎全部是抗争与愤激之谈。

宋元时期，讽刺艺术则在散曲及戏剧文学中得到了新的开拓和发展。明朝时期，讽刺散文都是有感而作，嘲讽中暗藏着人生的哲理，斥责里蕴含着同情。小说方面，诸如《西游记》《西游记补》《金瓶梅》里也蕴含着对世态人情的讥讽。

在清代，出现了一些以讽刺为基本特色的章回小说。讽刺小说可分为三类：

第一类是魔幻化的讽刺小说，作品有《斩鬼传》《平鬼传》《何典》等。这类讽刺小说用怪诞的手法描绘现实中并不存在的鬼怪神妖，在诙谐的描写中表现了严肃的主题。

第二类是写实性的讽刺小说，这类讽刺小说是讽刺小说中的主流，代表作品为《儒林外史》。这类讽刺小说继承和发扬了我国文学中现实主义创作精神，把讽刺艺术发挥到了极致。

第三类是讽喻式讽刺小说，代表作品为《镜花缘》。

士大夫 旧时指官吏或较有声望、地位的知识分子。在中世纪，通过竞争性考试选拔官吏的人事体制为我国所独有，因而形成了一个特殊的士大夫阶层，即专门为做官而读书考试的知识分子阶层。是中国社会特有的产物，是知识分子与官僚相结合的产物，是两者的胶着体。

《儒林外史》是讽刺小说中最杰出的代表作。《儒林外史》的作者吴敬梓，字敏轩，号粒民，自称文木老人，安徽全椒人。他出身于官僚地主家庭，祖上不少人在科举考试中曾取得显赫的功名。但至吴敬梓时，家境日渐衰微。

吴敬梓14岁时跟随父亲到赣榆县教谕任所，生活动荡不安。到了23岁时，由于父亲的正直丢官，抑郁而死，他开始窥见官场斗争的现实。

在经历了科考一系列打击后，对黑暗落后的科举制度彻底绝望，从此决心在困厄中著书，《儒林外史》就是在这种情况下酝酿创作出来的。

《儒林外史》共56回，40多万字，以封建士大夫的生活和精神状态为中心，但没有贯串全书的主人公和主干情节。

作品一开始就把批判的锋芒指向了八股取士制度，通过理想人物王冕之口指责八股取士"这个法确定得不好，将来读书人既有此一条荣身之路，把那文

■ 清代国子监彩绘

清代科举考

行出处都看得轻了"。

在这样的思想指导下，作者从揭露科举制度以及在这个制度奴役下的士人丑恶卑微的灵魂入手，进而讽刺了封建官吏的昏聩无能，地主豪绅的贪吝刻薄，附庸风雅的名士的虚伪恶劣，乃至社会风气的败坏和道德人生的堕落。

《儒林外史》秉承着高度的写实创作精神，它的讽刺对象是写实的。作者一方面写出讽刺对象丰富的外在性格特征，另一方面又挖掘出他们深广的内心世界。

《儒林外史》的讽刺描写是真实的。它从平淡和寻常的生活现象中显示讽刺锋芒的写实艺术。《儒林外史》中许多浓厚讽刺意味的场面、细节，好像是运用了夸张的手法，其实仍是写实。

《儒林外史》有着高超的讽刺艺术，它通过精确的白描，写出"常见""公然""不以为奇"的人事的矛盾、不和谐，显示其蕴含的意义。它通过对不和谐的人和事进行婉曲而又锋利的讽刺。

总体上看，《儒林外史》的讽刺描写，一切都显得那么平淡、琐碎，又都是那么地愚昧、可笑，没有外在形式上的神秘、混乱、荒唐，然而却深刻地表现了人的内在精神的萎缩。

《儒林外史》的语言，是在南方民间口语的基础上提炼加工而成的。为了适应书中人物的身份，也融合了不少文言成分和不同职业的行话。作者的叙述语言很少夸饰、形容，朴素而又不失雅正幽默，对构成它特有的讽刺风格，有很大作用。

《儒林外史》的艺术结构，在章回小说中也很特殊，它没有贯串始终的主要人物和情节，而是由许多分散的人物和自成段落的故事前后衔接而成，虽然不够集中，却便于自由灵活地展开广阔的生活面，使各个阶层的众多人物与形形色色的社会现象纷至沓来，如波翻浪涌，层层推进。

那些相对独立的段落，虽只是生活片断，但经作者精雕细刻，很容易显示人物的思想性格，并激发读者的联想，收到略小存大、举重明轻的艺术效果。

而且，书中许多人物和故事之间，尽管缺乏紧密的联系，却也不是杂乱无章地拼凑起来的，而是根据一个明确的主题思想，做了精心的选择和恰当的安排，体现着严密的思想逻辑。

作者综合短篇小说和长篇小说的某些特点，创造出一种

章回小说 长篇小说的一种，是分章回叙事的白话小说，是我国古典小说的主要形式，分回标目，段落整齐，首尾完整，是其主要特点。是由宋元讲史话本发展而来。讲史说的是历史兴亡和战争故事，如《金相平话五种》《五代史平话》《宣和遗事》等。

百花齐放

清代小说

■《儒林外史》书影

小说源流

小说历史与艺术特色

■《镜花缘》书影

谴责小说 晚清小说流派。经过中日甲午战争失利、戊戌变法失败、八国联军侵华这一系列巨大的变故，小说界出现了大量抨击时政、揭露官场阴暗与丑恶的作品，文学史上把它们别称为"谴责小说"，代表作家有李宝嘉、吴趼人、刘鹗、曾朴。

崭新的结构形式，很适合表现本书特定内容的需要。

《儒林外史》是一部具有开创性的杰作，是一座讽刺小说的高峰，对后代的小说创作有着深远的影响。比如，它的内容为晚清谴责小说所吸取，它的形式也为谴责小说所借鉴。

《儒林外史》以后，比较著名的讽刺小说有李汝珍的《镜花缘》。这是一部充满幻想色彩的长篇小说，内容广泛而驳杂，但给人印象深刻的还是那些对丑恶现实的讽刺。

作者以幻化和夸张的形式，凸显荒谬与丑恶的本质。如"白民国"的八股先生装腔作势，念书时却白字连篇；"淑士国"的各色人等都儒巾素服，举止斯文，却又斤斤计较，十分吝啬，充满酸腐气。

作品中，"两面国"的人有两副面孔，是对势利和奸诈者的揭露；"长臂国"的人贪得无厌，到处

"伸手"，久而久之，徒然把臂弄得很长；"翼民国"的人"爱戴高帽子"，天天满头尽是高帽子，所以渐渐把头弄长，竟至身长五尺，头长也是五尺；还有"豕啄国""毛民国""穿胸国""犬封国"等，无不极尽讽刺挖苦之能事。

这些幻想，大都出自《山海经》等古籍，但《山海经》等古籍对这些国度的记载，极其简略，有的甚至只有一两句话。

《镜花缘》以此为由头，生发出去，铺排开来，表现了作者巧妙的构思和惊人的想象力。而这种漫画化的描写，也是《镜花缘》对讽刺文学手法的丰富和发展。

除了《镜花缘》外，张南生的《何典》也是一部很别致的讽刺性章回小说。该书以滑稽幽默、口无遮拦的吴方言，虚构了一部鬼话连篇的鬼世界的鬼故事，通过鬼的故事来讽刺人间的现实。

阅读链接

吴敬梓广泛涉猎群经诸史，尤其对《诗经》《史记》《汉书》的研究有着独特的见解，曾著有《诗说》数万言及未成书的《史记纪疑》。另外，吴敬梓也善于写诗赋辞章，他的好友程晋芳的《文木先生传》评道："诗赋援笔而成，凤构者莫之为胜。"

江宁黄河的《儒林外史序》记载："其诗如出水芙蓉，娟秀欲滴。"吴湘皋的《儒林外史序》评道："敏轩以名家子好学诗古文辞杂体以名于世。凡有所作，必曲折深入，横发截出……"

从吴敬梓的《金陵景物物图诗》和《移家赋》可以看出他的文心诗思，这些深厚的文学基础为《儒林外史》的创作打下了坚实的文学基础。

谴责小说的兴起和代表作

晚清时期，清政府统治阶级腐败无能，社会黑暗，人们生活困苦，精神空虚，思想先进的作家怀着变革的强烈愿望，试图用小说创作解答社会与人生的一系列问题，探求由乱到治、安邦定国的方法。

■清代官员蜡像

谴责小说就是在这种情况下诞生的，因此具有深刻的时代内涵。在晚清的十余年间，谴责小说出版的特别多。主要有几方面原因：

一是时代的需求，人们对社会政治不满，一些谴责小说正好投合读者要求抨击时弊的心理。

二是印刷术发展迅速，促使书刊大量印行。一些书

■ 清代官员图

报成为刊载小说的园地，转过来要求作者提供更多的
小说作品。

三是受国外文化的影响。一些国外作品的输入以
及理论的灌输，给晚清作者以新的养料，同时也刺激
了他们的小说创作。

四是维新派的小说界革命从各方面肯定谴责小说
的价值，鼓励作家从事创作。维新派的人也以小说作
为改良社会的工具，创作小说以开民智，唤起国人的
觉醒。

谴责小说紧密联系时政，揭露官场丑态，抨击社
会黑暗，讽刺手法的运用比《儒林外史》更尖刻。比
较有名的作品有李伯元的《官场现形记》、吴趼人的
《二十年目睹之怪现状》、刘鹗的《老残游记》和曾
朴的《孽海花》。

李伯元，字宝嘉，号南亭亭长，江苏武进人，毕
生从事小说创作和报刊编辑工作，在晚清报界文坛颇

讽刺手法 一种修
辞手法，言辞或
情景所表达表面
意思与其本意相
反。讽刺手法犀
利有力，而且使
用比较灵活，或
正面进攻，或旁
敲侧击；或讽刺
揶揄；或正颜厉
色，一般主要包
括漫画法、对比
法、托物法、反
说法。

负盛名。《官场现形记》是他的代表作。全书共60回，约78万字，由许多相对独立的短篇串联而成，抨击了封建社会末期的官僚制度，着力描写他们贪污腐败和媚外卖国的丑态。

小说中形形色色的官僚，他们的地位有高低、权势有大小、手段也有不同，但都是"见钱眼开，视钱如命"之徒。对洋人，又多奴颜婢膝、丧权辱国。

小说在写作方法上，仿效《儒林外史》，但又有所发展，充分运用了夸张、漫画式的讽刺手法，往往寥寥几笔，就将人物的音容体态勾勒出来。同时，作者又善于描写细节，使笔下的人物生动传神，具有较强的艺术感染力。

《官场现形记》通过对黑暗世界的刻画，从吏治的角度，表现了封建统治即将崩溃的社会本质，客观上让人们认识到封建统治的腐朽。《官场现形记》连载以后，引起了当时社会的强烈反响，其后的效仿之作颇多，蔚为大观。

吴趼人，名沃尧，广东南海人，因居佛山镇，故笔名我佛山人。吴趼人是晚清最多产的小说家，著有小说30余种，《二十年目睹之怪现状》是其中影响最大的作品。

《二十年目睹之怪现状》全书共108回，约63万字，叙述年轻幕僚九死一生在20年中耳闻目见的社会腐败、丑恶现象，描绘了一幅行将崩溃的清帝国的社会图卷。

其内容比《官场现形记》更广泛，不仅写了官场人物、洋场才子，而且涉及医卜星相、三教九流，但重点还是暴露官场的黑暗。

小说中描写的官吏都是卑鄙无耻之徒，他们贪赃枉法，营私舞弊，卖官鬻爵，惧怕洋人，卖国求荣。

作品还揭露和批判了封建道德的虚伪和社会风

星相 亦称占星术，是星相学家以观测天体、日月星辰的位置及其各种变化后，做出解释，来预测人世间的各种事物的一种方术。星相学认为，天体，尤其是行星和星座，都以某种因果性或非偶然性的方式预示着人间万物的变化。

百花齐放

清代小说

■ 清代官员上朝

尚的败坏。全书以九死一生为主线，将各色人物和近百年事串联在一起，对其中重要人物都有交代，显得更集中些。

《二十年目睹之怪现状》采用第一人称的方式叙述故事，结构全篇，使读者感到亲切可信，在我国小说史上开了先河。

小说的结构是非常巧妙的：九死一生既是全书故事的叙述者，又是全书结构的主干线。同时又运用了倒叙、插叙等方法，将它有机结合在一起，使全书繁简适宜，浑然一体。

刘鹗，字铁云，江苏丹徒人。《老残游记》是他最有影响力的作品。小说共20回，以一个摇串铃的江湖医生老残，即铁英为主人公，叙写其在我国北方游历期间的见闻和活动。

■曾朴手扎信函《君宏吾哥大人阁下》

小说对清政府腐朽黑暗，官吏的残暴昏庸，百姓的贫困交迫，等等，都有所揭露。其中，着重对那些名为清官、实为酷吏的虐民行为进行了有力地抨击，表达了作者对社会、国家危亡现实的强烈忧患意识。

小说的艺术成就很高。首先是高超的描写技巧，无论状物、写景，还是叙事，都能历历如绘，如千佛山、大明湖的景致、明湖居说书、桃花山月下夜行等，使人有身临其境之感。

另外，小说中的心理描写和心理分析十分到位，能用贴

■ 清代簪花图

切的语言，出色地展现人物的内心世界。

　　还有，小说的结构也很有特色，小说以游记的形式，以游历为线索，以老残为中心人物，以散文的笔法叙事状物，将沿途的所见、所闻、所思、所做有机地结合起来，形成了小说独特的结构特点。

　　曾朴，字孟朴，江苏常熟人，《孽海花》全书30回，前5回原为金松岑所作，后25回由曾朴续成。后来曾朴又对全书进行了修订。

　　《孽海花》以金雯青和傅彩云的故事为主要线索，通过当时京城内外官僚名士、封建文人的思想生活和社会风气，展现了清末的政治、经济、外交和社会生活的情况，对封建统治阶级的腐朽和帝国主义的侵略野心，作了一定程度的揭露和批判。

　　比起其他谴责小说来，《孽海花》思想水平要高一些。它并不局限于暴露和谴责，也致力于表现新人物新思想，描写和申述了许多为国家命运而探索的进

小说结构 小说作品的形式要素，指小说各部分之间的内部组织构造和外在表现形态。结构一部小说的过程，就是小说家根据自己对生活的认识，按照塑造形象和表现主题要求，运用各种艺术表现手法，把一系列生活材料、人物、事件分轻重主次合理而匀称的加以组织和安排的过程。

步人士和他们的改良主张，也肯定了太平军是革命军，还塑造了陈千秋、史坚如等革命男儿的形象。

在艺术形式上，作品把真实性与讽刺性结合起来，通过客观冷静的描述，把人物的面貌习气以至精神状态，勾勒得绘声绘色。

在写作中，作者采用近代流行的块状小说结构，与传统的网状小说结构相结合的方式展开情节，波澜起伏，曲折感人，井然有序。

作者还工于细节描写，词采华美，寥寥数笔，就能使人物的神态毕肖。同时，还吸取了西方文学的表现手法，在叙事写人方面显示了新特点。

晚清谴责小说，呈现出一派谴责小说兴盛的景象。除了李宝嘉、吴趼人、刘鹗、曾朴的作品之外，还有黄小配的《廿载繁华梦》和无名氏的《官场现形记》《苦社会》等作品，这些作品各有其特色，均不同程度地引起当时社会的反响。

阅读链接

1883年，18岁的吴趼人离家来到上海。他曾在茶馆做伙计，后又到江南制造局做抄写工作，月薪微薄。一次，吴趼人从书坊上得到半部《归有光文集》，爱不释手，由此萌发了创作小说的冲动。

1897年，吴趼人开始在上海创办小报，先后主持《字林沪报》《采风报》《奇新报》《寓言报》等。

1906年，吴趼人担任《月月小说》杂志总撰述，发表了大量的嬉笑怒骂之文。此外，他还创办了沪粤人广志小学，主持开办过两广同乡会。

1903年，吴趼人将《二十年目睹之怪现状》寄往梁启超在日本横滨创办的《新小说》杂志，立即得到提倡小说界革命的梁启超的赏识，将其发表于该刊第一卷第八期。从此，吴趼人的小说创作一发而不可收。